FOLIO JUNIOR EDITION SPECIALE

Adalbert von Chamisso

La merveilleuse histoire de Peter Schlemihl

ou l'homme qui a perdu son ombre

Supplément réalisé par
Jean-François Ménard

Illustrations de Philippe Mignon

SOMMAIRE

ÊTES-VOUS CUPIDE ?

1. AU FIL DU TEXTE (p. 131)

Avez-vous bien lu Peter Schlemihl ?
M. John est parmi nous
Objets magiques
De l'or, encore de l'or !
Diable, diable...
L'amour perdu
Mon ombre ? Eh bien, heu...
Ame à vendre
L'avocat du diable
Qui se cache dans la grille ?
Mon cher Chamisso...
Traces de bottes
Splendeurs australiennes
Ouvrage savant
Ombres portées
Remplacer l'ombre
Sans ombre et sans corps
Promenade polaire
Les mots croisés de la fin

2. LES MARCHÉS DE DUPES DANS LA LITTÉRATURE (p. 149)

La Bible
Le Roman de Renart, Anonyme
Le Mariage forcé, Molière
Le Rite magique, Alberto Moravia

3. SOLUTIONS DES JEUX (p .155)

Collection folio junior

dirigée par
Jean-Olivier Héron
et Pierre Marchand

Né en 1781 dans un château de Champagne, **Louis-Charles Adélaïde Chamisso de Boncourt** appartient à l'aristocratie française. En 1792, sa famille, chassée par la Révolution, doit quitter la France. Après plusieurs années d'errance, les Chamisso de Boncourt s'installent à Berlin. Louis-Charles germanise son nom et s'appelle désormais Adalbert von Chamisso. En 1796, il devient page auprès de la reine de Prusse, puis s'engage, en 1798, dans l'armée prussienne. En 1801, il sera élevé au grade de lieutenant. Tout en poursuivant sa carrière militaire, il s'intéresse à la littérature et lit les auteurs français du siècle des lumières, Rousseau surtout qu'il admire particulièrement. Chamisso aspire à un idéal de civilisation dont l'Allemagne lui semble devoir être le creuset, mais il n'en oublie pas pour autant la France qui reste sa vraie patrie. « Français en Allemagne et Allemand en France, je suis partout étranger », dira-t-il plus tard, résumant ainsi le déchirement de son exil.
En 1804, il crée une revue littéraire, *L'Almanach des Muses,* dans laquelle il fait paraître ses premiers textes. En 1806 éclate la guerre franco-prussienne. Chamisso est toujours officier dans l'armée de Prusse lorsque celle-ci est vaincue à Iéna. Fait prisonnier, il est libéré et passe un an en France. Mais, déçu par sa patrie d'origine, il retourne en Allemagne dès 1807. En 1808, il démissionne de l'armée, puis, en 1810, revient en France où il fréquente les salons de Mme de Staël et de Mme Récamier. Il se passionne également pour la botanique et, en 1812, repart pour Berlin, se consacrant alors à l'étude des sciences naturelles. Devenu botaniste, il écrit en 1813 – pour se distraire et amuser les enfants d'un ami – l'histoire de Peter Schlemihl, l'homme qui a perdu son ombre, un personnage poursuivi, comme lui, par le malheur d'être différent. En 1819, revenu d'un voyage autour du monde, il se marie et devient directeur du jardin botanique de Berlin. Jusqu'à sa mort, en 1838, il partagera ainsi sa vie entre la botanique et la littérature, au sein d'une vaste famille, puisque sa femme aura donné naissance à sept enfants.

Philippe Mignon est né en 1948 et a déjà illustré de nombreux Folio Junior, entre autres *Le Livre de la jungle* de Rudyard Kipling, *Le Lion* de Joseph Kessel et *Deux amis et autres contes* de Guy de Maupassant.
A l'occasion de la publication de *La Merveilleuse Histoire de Peter Schlemihl,* Philippe Mignon nous a demandé de publier la petite annonce suivante : « Jeune homme échangerait ombre de taille variable mais en bon état contre bourse de Fortunatus ou à défaut bottes de sept lieues (pointure 40). Faire toutes propositions à l'éditeur qui transmettra. P.-S. : hommes en gris s'abstenir. »

Henri Galeron, l'auteur de la couverture de *La merveilleuse Histoire de Peter Schlemihl,* a deux passions dans la vie : les jouets mécaniques, qu'il collectionne amoureusement, et la pêche à la ligne. Ce qui ne l'empêche pas d'être un dessinateur aussi talentueux que prolifique, auquel on doit bien des pochettes de disques, des illustrations de pages de magazines et beaucoup d'illustrations pour plusieurs éditeurs de livres pour la jeunesse, dont Harlin Quist, François Ruy-Vidal et, bien sûr, Folio Junior, pour qui il a réalisé les couvertures de très nombreux ouvrages.

PETER SCHLEMIHL

Loi n° 49-956 du 16 juillet 1949
sur les publications destinées à la jeunesse

ISBN 2-07-033630-1

Dépôt légal : novembre 1994
1er dépôt légal dans la même collection : octobre 1991
N° d'éditeur : 70822 – N° d'imprimeur : 67178
Imprimé en France sur les presses de l'Imprimerie Hérissey

Adalbert von Chamisso

La merveilleuse histoire de Peter Schlemihl

ou l'homme qui a perdu son ombre

Traduit de l'allemand
par Auguste Dietrich

Illustrations de Philippe Mignon

Gallimard

A MON VIEIL AMI PETER SCHLEMIHL

Bien des jours ont passé ! Voilà que ton histoire
Me tombe de nouveau, par hasard, sous la main.
Notre ancienne amitié remonte à ma mémoire,
Les échos du vieux temps s'éveillent dans mon sein.
Maintenant que je suis un homme à tête grise,
Je dépose la honte et la fausse pudeur.
Je veux, comme autrefois, me dire avec franchise
Ton ami – car les ans n'ont point changé mon cœur !

Mon pauvre vieux Schlemihl ! Le Malin, sans nul doute,
Ne m'a pas tant qu'à toi jeté son mauvais sort
Force obstacles pourtant ont obstrué ma route ;
Le résultat est loin d'avoir valu l'effort.
L'Homme gris, toutefois, ne pourra, quoi qu'il fasse,
Se vanter d'avoir eu mon ombre en son pouvoir.
Je possède mon ombre à moi, qui suit ma trace,
Ne l'ai jamais perdue – et chacun peut la voir.

Quoique mon cœur toujours fût exempt de malice,
Les moqueurs ont usé leur verve à mon endroit.
Ils m'ont crié, feignant que j'étais ton complice :
« Qu'as-tu fait de ton ombre ? » et m'ont raillé du doigt.
Et quand je la montrais, ils éclataient de rire,
En fermant à dessein les yeux pour ne pas voir.
Mais qu'importe, après tout je les ai laissé dire,
Conscient que je suis d'avoir fait mon devoir.

Cette ombre, que chacun à si haut prix estime,
Que prônent les mortels d'une unanime voix,
Sur elle vous voulez mon sentiment intime ?
– Qu'on me l'a demandé, Schlemihl, souventes fois ! –
Après qu'un demi-siècle a blanchi notre tête,
Nous la voyons déjà décroître, puis pâlir.
Nous qui l'avions créée et qui lui fîmes fête,
Elle nous quitte – et l'être à son tour va périr !

Maintenant, serrons-nous la main, brave compère,
Sans nous inquiéter du monde et de ses faits.
Laissons à leur vieux train les hommes et la terre,
Et soyons, dès ce jour, unis plus que jamais.
Oui, cheminons ainsi vers notre but suprême,
Narguant outrages, rires et dénigrants propos ;
Et quand vers nous viendra la mort à face blême,
Faisons-lui bon visage et dormons en repos.

A JULES-ÉDOUARD HITZIG

Toi qui n'oublies personnes, tu te souviendras encore d'un certain Peter Schlemihl, que tu as vu quelquefois chez moi, voilà de longues années ; un garçon aux longues jambes, que l'on croyait maladroit parce qu'il était gauche, et paresseux parce qu'il était nonchalant. Je l'aimais. Tu ne peux avoir oublié, Édouard, comment, dans notre jeunesse, il se déroba un jour à la lecture de nos sonnets ; je l'emmenai à un de nos thés poétiques, où il s'endormit pendant qu'on écrivait, sans attendre la lecture. Je me rappelle aussi un bon mot que tu fis sur lui. Tu l'avais déjà vu, Dieu sait où et quand, dans une vieille kurtka *noire qu'il portait toujours alors, et tu t'écrias : « Le gaillard devrait s'estimer heureux si son âme partageait à demi l'immortalité de sa casaque ! » Tel était le peu de cas que vous faisiez de lui. Moi, je l'aimais. C'est de ce Schlemihl, que j'avais perdu de vue depuis de longues années, que provient la brochure dont tu vas prendre connaissance. A toi seulement, Édouard, à toi mon plus intime ami, à toi mon meilleur moi-même, pour qui je ne puis conserver de secret, à toi seul je la communique, et aussi, cela va sans dire, à notre Fouqué, qui*

occupe la même place dans mon âme ; mais, en ce qui le concerne, c'est uniquement à l'ami, et nullement au poète que je la confie. Vous comprendrez combien il me serait désagréable de voir affichée au pilori d'une œuvre poétique la confession qu'un honnête homme m'a faite en se fiant à mon amitié, ou simplement de la voir profanée comme la première mauvaise plaisanterie venue, comme une chose qu'elle n'est pas et ne peut pas être. Sans doute, je dois avouer que, sous la plume du brave homme, l'histoire est devenue assez niaise, et qu'il est fâcheux pour elle qu'une main étrangère plus habile ne puisse la présenter dans toute sa force comique. Quel parti Jean-Paul n'en aurait-il pas tiré ! D'ailleurs, cher ami, bien des gens peuvent y être nommés, qui vivent toujours : nouveau motif de prudence !

Un mot encore sur la façon dont ces feuilles sont parvenues entre mes mains. Hier matin, à mon réveil, on me les a remises. Un homme étrange, à longue barbe grise, vêtu d'une kurtka *noire tout usée sur laquelle pendait une boîte de botanique, et portant, par ce temps humide et pluvieux, des pantoufles par-dessus ses bottes, s'était informé de moi et m'avait laissé ce paquet ; il avait prétendu venir de Berlin.*

ADALBERT VON CHAMISSO

Kunersdorf, le 27 septembre 1813

P.-S. : *J'ajoute ici un dessin que l'habile Léopold, qui se trouvait à sa fenêtre, a tracé de l'étonnante apparition. En voyant le cas que je faisais de cette esquisse, il m'en a volontiers fait cadeau.*

AU MÊME

Il nous faut, cher Édouard, faire en sorte que l'histoire du pauvre Schlemihl soit mise à l'abri des yeux qui n'ont rien à y voir. Cela n'est pas facile. Il y a de ces yeux en foule, et quel mortel peut répondre du sort d'un manuscrit, chose presque plus malaisée encore à surveiller que la parole verbale ! Aussi imité-je l'homme pris de vertige qui, dans son angoisse, se précipite dans l'abîme : je livre l'histoire à l'impression.

Du reste, Édouard, le parti auquel je m'arrête s'explique par des motifs meilleurs et plus sérieux. Ou je me trompe absolument, ou dans notre chère Allemagne il y a beaucoup de cœurs capables et dignes de comprendre le pauvre Schlemihl, et le mauvais tour que la vie lui joue, le tour innocent qu'il se joue à lui-même, tout cela amènera un sourire ému sur le visage de plus d'un de nos compatriotes. Et toi, mon Édouard, en voyant l'honnête petit livre et en songeant que beaucoup de cœurs inconnus l'aimeront avec nous, tu sentiras peut-être aussi tomber une goutte de baume sur la blessure brûlante que la mort t'a faite – à toi et à tous ceux qui t'aiment !

Et enfin – je m'en suis convaincu par mainte expérience – il y a pour les livres imprimés un génie qui les fait venir aux mains qu'il faut, et écarte d'eux très souvent celles qui ne leur conviennent pas. Ce génie, en tout cas, place derrière un cadenas invisible toute production qui émane véritablement de l'esprit et du cœur, et il s'entend à merveille à l'ouvrir et à le refermer.

C'est à ce génie, très cher Schlemihl, que je confie ton sourire et tes larmes. Et maintenant, à la grâce de Dieu !

Nennhausen, fin mai 1814

FOUQUÉ

A FOUQUÉ

*Le voilà donc le résultat de la décision prise par toi de faire imprimer l'*Histoire de Peter Schlemihl, *que nous devions garder comme un secret confié à nous seuls ! Non seulement Français et Anglais, Hollandais et Espagnols, Américains à la suite des Anglais, l'ont traduite, ainsi que je l'ai fait savoir à tous les lettrés de Berlin, mais il en paraît en Allemagne une nouvelle édition ornée des dessins composés d'après nature par le célèbre Cruiksbhank pour l'édition anglaise, ce qui contribuera à la répandre infiniment davantage. Si je ne te regardais comme suffisamment puni (car tu ne m'as pas dit un seul mot, en 1814, de la publication du manuscrit) par les plaintes que notre Chamisso, pendant son voyage autour du monde, aura certainement exprimées à ce sujet au Chili et au Kamtchatka ainsi qu'à son défunt ami Tameiamaia à O-Wabu, je te demanderais aujourd'hui encore publiquement raison.*

Mais chose arrivée ne peut être changée, et tu as eu raison de faire aimer aussi le petit livre de beaucoup de personnes, depuis treize ans qu'il a paru. Je n'oublierai jamais l'heure où pour la première fois je

le lus à Hoffmann. Il était hors de lui à force d'émotion et de plaisir ; il resta suspendu à mes lèvres jusqu'à ce que j'eusse fini ; il voulait entrer immédiatement en relations avec le poète, et lui qui répugnait à toute imitation, il ne résista point à l'envie d'opposer assez malheureusement à l'ombre perdue, dans un de ses récits des Aventures de la nuit de la Saint-Sylvestre, *le reflet perdu d'Erasmus Spikher. Oui, notre histoire merveilleuse a su faire son chemin parmi les enfants. Par une belle soirée d'hiver, en effet, je remontais avec son auteur la rue du Château, quand il vit un gamin qui glissait sur la glace le regarder en riant ; il s'empara de lui, le mit sous le manteau de peau d'ours que tu sais, et continua sa route. Le gamin ne bougea pas. Mais une fois délivré et à une distance respectable de nous deux, il cria tout haut à son ravisseur : « Attends, va, Peter Schlemihl ! »*

Ainsi, je le crois, le brave homme réjouira, sous son nouvel habit élégant, beaucoup de gens qui ne l'ont pas vu dans la modeste kurtka *de 1814. Mais ce sera de plus une surprise pour les uns et les autres de découvrir dans l'ancien officier prussien breveté, dans le botaniste et le voyageur autour du monde, historiographe en outre du célèbre Peter Schlemihl, un poète lyrique qui, quelque corde poétique qu'il touche, sait toujours rencontrer le vrai chemin du cœur.*

Donc, mon cher Fouqué, merci une fois encore pour avoir publié la première édition, et reçois mes vœux et ceux de nos amis pour le succès de cette édition nouvelle !

Berlin, janvier 1827 ÉDOUARD HITZIG

1

Après une traversée heureuse, mais cependant fort pénible pour moi, nous entrâmes enfin dans le port. Dès que le bateau m'eut déposé à terre, je me chargeai moi-même de mon mince bagage, et, fendant les flots de la foule, je pénétrai dans la première maison de modeste apparence où je vis pendre une enseigne. Je demandai une chambre : le garçon me toisa des pieds à la tête et me conduisit dans une mansarde. Je me fis donner de l'eau fraîche et indiquer exactement l'adresse de M. Thomas John :

– En face la porte du Nord, la première villa à droite, une grande maison neuve en marbre rouge et blanc, avec de nombreuses colonnes.

– Bien.

Il était de bonne heure. Je m'empressai d'ouvrir mon paquet, j'en tirai mon habit noir fraîchement retourné, m'habillai de mon mieux, me munis de ma lettre de recommandation, et je m'acheminai vers l'homme qui devait m'aider dans la réalisation de mes humbles espérances.

Après avoir monté la longue rue du Nord et

atteint la porte, je vis bientôt les colonnes briller à travers la verdure.

« C'est donc ici », pensai-je. J'essuyai avec mon mouchoir la poussière de mes pieds, je rajustai ma cravate et, en me recommandant à Dieu, je tirai la sonnette. La porte s'ouvrit. Dans le vestibule, j'eus à subir un interrogatoire ; puis le portier me fit annoncer, et j'eus l'honneur d'être appelé dans le parc où M. John se promenait avec quelques personnes. Je reconnus aussitôt mon homme à sa brillante santé et à son air de satisfaction. Il me reçut très bien – comme un riche reçoit un pauvre diable. Il se tourna même vers moi, sans pourtant quitter le reste de la société, et prit la lettre que je lui présentais.

– Ah ! ah ! de mon frère ! Voilà longtemps que je n'ai eu de ses nouvelles. Il se porte bien, j'espère ?

Puis, sans attendre ma réponse :

– C'est là, poursuivit-il en s'adressant à la compagnie et en montrant une colline avec la lettre qu'il tenait à la main, c'est là que je fais élever le nouveau bâtiment.

Il brisa le cachet sans interrompre la conversation qui se porta sur la richesse.

– Celui qui ne possède pas au moins un million, dit-il, celui-là n'est qu'un gueux, pardonnez-moi le mot !

– Ah ! c'est bien vrai ! m'écriai-je d'un accent plein de conviction.

Cette exclamation parut lui plaire ; il sourit en me disant :

– Restez ici, mon ami ; plus tard j'aurai peut-être le temps de vous dire ce que je pense de ceci.

Il montrait la lettre, qu'il mit dans sa poche, et se

tourna vers la société. Il offrit le bras à une jeune dame ; d'autres l'imitèrent, chacun s'empressant auprès de la beauté qui l'intéressait, et l'on se dirigea vers la colline couverte de rosiers en fleur.

Je me glissai derrière, sans importuner âme qui vive, car personne ne s'occupait de moi. La société était très animée ; on plaisantait, on s'entretenait d'un ton sérieux de choses frivoles, d'un ton frivole de choses sérieuses, et l'épigramme s'aiguisait surtout aux dépens des amis absents et de leurs relations. J'étais trop étranger pour comprendre grand-chose à tout ce bavardage et trop préoccupé de ma propre situation pour fixer ma pensée sur de telles énigmes.

Nous arrivâmes au bosquet. La belle Fanny, la reine de la journée, s'entêta à cueillir une branche de rosier ; une épine la piqua et, comme des roses elles-mêmes, une goutte de pourpre coula de sa main délicate. Cet incident mit toute la société en émoi. On demanda du taffetas d'Angleterre. Un homme d'un certain âge, maigre, grêle, long, silencieux, qui marchait près de moi et que je n'avais pas encore remarqué, mit aussitôt la main dans la poche étroite de son antique habit en satin gris, en tira un petit portefeuille, l'ouvrit, et présenta à la dame, avec une respectueuse révérence, le taffetas demandé. Elle le reçut sans remarquer ni remercier celui qui le lui donnait. La blessure fut bandée, et l'on continua à gravir la colline. De sa cime, pardessus le vert labyrinthe du parc, la vue s'étendait jusque sur l'immense Océan.

Ce spectacle était réellement magnifique. Un point lumineux apparaissait à l'horizon, entre le vert foncé des flots et l'azur du ciel.

– Une lunette ! s'écria John.

Et avant que les valets fussent accourus à l'appel, l'homme gris, s'inclinant avec modestie, mit de nouveau la main dans sa poche et en tira un superbe télescope de Dollond qu'il présenta à M. John.

Celui-ci, y appliquant son œil, annonça à la compagnie que le point lumineux à l'horizon était le vaisseau parti la veille et que les vents contraires retenaient en vue du port. La longue-vue passa de main en main, mais sans revenir dans celles de son propriétaire. Pour moi, je regardai avec surprise cet homme, ne pouvant comprendre comment ce gros instrument avait pu sortir de cette poche étroite. Personne cependant ne semblait y prendre garde et l'on ne s'inquiétait pas plus de l'homme gris que de moi-même.

On servit des rafraîchissements, les plus rares

fruits de toutes les zones dans les vases les plus précieux. M. John faisait les honneurs avec une gracieuse aisance et pour la seconde fois il m'adressa la parole :

– Mangez donc ; vous n'avez rien eu de pareil pendant la traversée.

Je m'inclinai, mais il ne le vit point : déjà il causait avec un autre.

On se serait volontiers assis sur le gazon, au penchant de la colline, pour jouir du paysage ; mais l'on craignait l'humidité du sol.

– Ce serait délicieux, dit quelqu'un, d'étendre ici quelques tapis turcs.

Ce désir était à peine exprimé, que déjà l'homme à l'habit gris avait la main dans la poche et que, d'un air modeste et même humble, il en tira un riche tapis turc broché d'or. Les serviteurs le reçurent comme si la chose était toute naturelle et le déroulèrent à l'endroit indiqué. La société y prit place aussitôt. Moi, je regardai de nouveau l'homme, la poche, le tapis, qui mesurait plus de vingt pieds de long sur dix de large, et je me frottai les yeux sans savoir que penser, d'autant plus que personne ne voyait à tout cela quelque chose de surprenant.

J'aurais bien voulu avoir des renseignements sur ce personnage ; mais je ne savais à qui m'adresser. Je me trouvais en effet encore plus gêné devant les messieurs qui servaient que devant les messieurs qui étaient servis. Enfin, prenant quelque peu courage, je m'approchai d'un jeune homme qui me semblait de moindre importance que les autres, car on l'avait souvent laissé seul, et je le priai tout bas de me dire quel était cet homme si complaisant, vêtu d'un habit gris.

– Celui qui ressemble à un bout de fil échappé de l'aiguille d'un tailleur ?

– Oui, et qui se tient à l'écart.

– Je ne le connais pas, me répondit-il.

Et pour ne pas prolonger l'entretien avec moi, il se tourna vers une autre personne, avec laquelle il parla de choses indifférentes.

Cependant le soleil devenait plus ardent et commençait à gêner les dames. La belle Fanny, se tournant nonchalamment vers l'homme à l'habit gris, auquel personne, que je sache, n'avait encore adressé la parole, lui demanda si par hasard il n'aurait pas aussi une tente sur lui. Il lui

répondit par un salut des plus profonds, comme si elle lui avait fait un honneur immérité. Et déjà il avait la main dans sa poche, d'où je vis sortir étoffes, piquets, cordes, clous, en un mot tout ce qu'il faut pour la tente la plus magnifique. Les jeunes gens aidèrent à la dresser, et elle couvrit toute l'étendue du tapis. Et personne encore ne manifesta le moindre étonnement !

Depuis longtemps déjà je ressentais un grand trouble, et même un réel effroi. Que fut-ce donc quand, sur un nouveau souhait, je vis l'homme tirer de sa poche trois chevaux de selle, oui, entends-tu ? trois beaux chevaux noirs complètement harnachés ! Pense un peu, au nom du ciel ! trois chevaux sellés s'élançant de cette même poche d'où étaient déjà sortis un portefeuille, un télescope, un tapis broché de vingt pieds de long sur dix de large, et une tente de la même grandeur, avec tous ses accessoires ! Si je ne t'affirmais par serment que je l'ai vu de mes propres yeux, tu ne le croirais certainement pas.

Quelque embarrassé, quelque humble que parût l'homme lui-même, quelque peu d'attention que les autres lui accordassent, sa pâle figure, dont je ne pouvais détourner les yeux, m'inspirait tant de terreur, qu'il me devint impossible d'en supporter plus longtemps la présence.

Je résolus de m'échapper de la société, ce qui me semblait facile, vu le rôle insignifiant que j'y jouais. Je voulais regagner la ville, rendre le lendemain une nouvelle visite à M. John et, si j'en avais le courage, l'interroger au sujet de l'étrange homme gris. Que n'ai-je pu, hélas ! réussir à m'esquiver !

J'avais déjà traversé le bosquet et étais au pied de

là colline, sur la pelouse, quand la crainte d'être surpris hors des allées, dans l'herbe, me fit jeter autour de moi un regard inquiet. Quelle fut ma frayeur, en voyant venir à moi, par-derrière, l'homme à l'habit gris ! Il ôta aussitôt son chapeau et me fit une très profonde révérence ; personne encore ne m'en avait fait une semblable. Il voulait évidemment m'aborder, et je ne pouvais l'éviter sans impolitesse. J'ôtai aussi mon chapeau, je m'inclinai à mon tour et je restai tête nue en plein soleil, comme si j'eusse pris racine ; je le regardais fixement, plein de crainte, comme un oiseau qu'un serpent tient fasciné. Lui-même paraissait très embarrassé, ne levait pas les yeux, et réitérait ses révérences. Enfin, il s'approcha et me parla d'une

voix basse et mal assurée, à peu près du ton d'un mendiant :

– Que monsieur veuille excuser mon importunité, si j'ose l'aborder sans être connu de lui ; j'ai une prière à lui faire. Daignez me permettre...

– Mais au nom du ciel, monsieur ! m'écriai-je dans mon trouble, que puis-je faire pour un homme qui... ?

Nous demeurâmes court tous deux, et je crois que nous rougîmes.

Après un moment de silence il reprit la conversation :

– Pendant le temps que j'ai eu le bonheur de passer près de vous, j'ai plusieurs fois (permettez-moi de vous le dire, monsieur) contemplé avec une indicible admiration l'ombre superbe que vous projetez au soleil avec une sorte de noble dédain et sans y faire attention ; oui, cette ombre superbe que voilà à vos pieds. Pardonnez-moi une proposition téméraire sans doute : seriez-vous bien éloigné de me céder cette ombre ?

Il se tut, et il me sembla qu'une roue de moulin tournait dans ma tête. Que devais-je faire de l'offre singulière de m'acheter mon ombre ?

« Il doit être fou », pensai-je, et, prenant un autre ton, je lui répondis :

– Oh ! oh ! mon cher ami, n'avez-vous donc pas assez de votre propre ombre ? Voilà ce que j'appelle un marché d'un genre tout particulier.

Lui, m'interrompant :

– J'ai là dans ma poche certaines choses qui pourraient avoir quelque valeur aux yeux de monsieur ; pour cette ombre inestimable, le prix le plus élevé me semblera trop modeste.

Une sueur froide me ressaisit, car je me souvins de la poche, et je ne compris pas comment j'avais pu l'appeler « mon cher ami ». Je repris la parole, et tâchai de réparer le mal à force de politesse :

– Mais, monsieur, pardonnez à votre humble serviteur ; je ne comprends pas bien sans doute votre intention. Comment ! mon ombre...

Il m'interrompit :

– Je ne demande à monsieur que la permission de ramasser ici cette noble ombre et de la mettre dans ma poche ; quant à la façon de m'y prendre, c'est mon affaire. En échange, comme preuve de ma reconnaissance envers monsieur, je lui laisse le choix entre tous les objets précieux que je porte avec moi dans ma poche : l'herbe merveilleuse de Glaucus, la mandragore, les cinq sous du Juif errant, l'écu voleur, la nappe du page de Roland, un gnome domestique au prix qu'il vous plaira. Mais non, tout cela ne vous convient pas ; il vaut mieux vous offrir le chapeau magique de Fortunatus*, retapé à neuf, ou bien encore une bourse comme la sienne...

– La bourse de Fortunatus ! m'écriai-je.

Et, en dépit de ma frayeur excessive, ce seul mot avait captivé mon esprit. Je fus pris de vertige et je crus voir des doubles ducats briller devant mes yeux.

– Que monsieur daigne examiner cette bourse et en faire l'essai.

En même temps qu'il disait ces mots, il mit la main dans sa poche et en tira un assez grand sac en

* Voir la note à la page 125.

maroquin, solidement cousu et pourvu de deux longs cordons en cuir. Il me le présenta et j'y plongeai les doigts. J'en tirai dix pièces d'or, puis dix autres, puis encore dix, et toujours dix. Je lui tendis vivement la main :

– Tope ! marché conclu ! Pour cette bourse je vous cède mon ombre.

Il prit ma main, et s'agenouilla aussitôt devant moi : je le vis enlever doucement du gazon, avec une étonnante dextérité, mon ombre de la tête aux pieds, la rouler, la plier, puis la mettre dans sa poche.

Il se leva, s'inclina encore devant moi, et il retourna vers le bosquet de roses. Il me sembla l'entendre alors rire tout bas. Mais je tenais solidement la bourse par ses cordons ; autour de moi la terre brillait des feux du soleil, et je n'avais pas encore recouvré mes sens.

2

Enfin je revins à moi et je me hâtai de quitter ce lieu où j'espérais n'avoir plus rien à faire. Je commençai par remplir d'or mes poches, puis je suspendis la bourse à mon cou et je la cachai sur ma poitrine. Je sortis du parc sans être aperçu, gagnai la grand-route et me dirigeai vers la ville.

J'approchais de la porte, absorbé dans mes pensées, lorsque j'entends crier derrière moi :

– Jeune homme ! eh ! jeune homme ! écoutez donc !

Je me retournai. Une vieille femme me criait :

– Que monsieur prenne donc garde, il a perdu son ombre !

– Merci, petite mère !

Je lui jetai une pièce d'or pour son bon avis, et je m'avançai sous les arbres.

A la porte je dus entendre la même observation :

– Où ce monsieur a-t-il laissé son ombre ? dit la sentinelle.

– Jésus Maria ! le pauvre homme n'a point d'ombre ! répétèrent presque aussitôt quelques femmes.

Ces propos commencèrent à m'agacer, et j'évitai très soigneusement de marcher au soleil. Mais ce n'était pas possible partout, par exemple dans la grand-rue qu'il me fallut traverser pour mon malheur, juste à l'heure où les enfants sortaient de l'école. Un maudit petit bossu, que je vois encore, remarqua aussitôt que mon ombre me manquait. Il me dénonça à grands cris à toute la bande écolière du faubourg, qui aussitôt se mit à me montrer du doigt et à me lancer de la boue.

– Les honnêtes gens, s'écriaient-ils, ont l'habitude de prendre leur ombre avec eux quand ils vont au soleil.

Pour me débarrasser d'eux, je leur jetai l'or à pleines mains, et je sautai dans une voiture de louage que des âmes compatissantes me procurèrent.

Dès que je me trouvai seul dans la voiture, je me mis à pleurer amèrement. Déjà je pressentais que, autant l'or l'emporte ici-bas sur le mérite et la vertu, autant l'ombre l'emporte sur l'or lui-même. Moi qui avais jadis sacrifié la richesse à ma conscience, je venais de sacrifier mon ombre à la richesse. A quel sort étais-je désormais réservé ?

J'étais encore fort troublé, lorsque la voiture s'arrêta devant mon ancienne auberge. Je frémis à la seule idée de remettre le pied dans ma triste mansarde. J'en fis descendre mon chétif bagage, que je reçus avec dédain ; je jetai quelques pièces d'or, et me fis conduire au meilleur hôtel. La maison était située au nord ; je n'avais pas à craindre le soleil. Je donnai de l'or au cocher, me fis montrer le plus bel appartement sur la rue, et je m'y enfermai le plus vite possible.

Que penses-tu que je fis alors ? Ô mon cher Chamisso, je rougis de l'avouer, même à toi. Je tirai de ma poitrine la malheureuse bourse, puis, avec une fureur qui, semblable à un incendie, trouvait en moi-même son propre aliment, j'y puisai de l'or, encore de l'or, toujours de l'or. Je le répandais sur le plancher, le foulais aux pieds, le faisais résonner et, repaissant mon pauvre cœur de l'éclat et du son de cet or, j'amoncelais sans cesse le métal sur le métal, jusqu'à ce qu'enfin, accablé de fatigue, je m'affaissai sur cette riche couche et y fouillai avec délices, m'y roulai

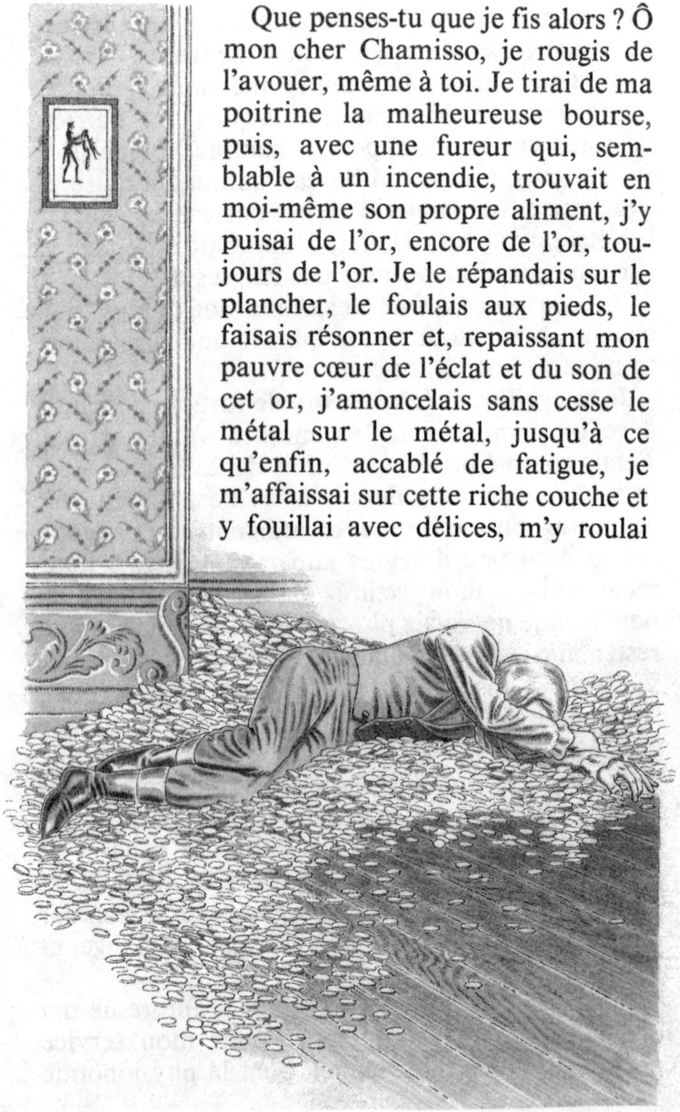

avec transports. Ainsi se passèrent le jour et le soir. Je n'ouvris pas ma porte, la nuit me trouva sur l'or, et c'est sur l'or que le sommeil me vainquit enfin.

Et je rêvai de toi. Il me sembla que j'étais derrière la porte vitrée de ta petite chambre et que je te voyais assis devant ton bureau de travail, entre un squelette et un paquet d'herbes desséchées ; devant toi étaient ouverts Haller, Humboldt et Linné, et sur ton canapé un volume des œuvres de Goethe et *L'Anneau magique.* Je t'examinai longtemps, puis chaque objet autour de toi, mais tu ne bougeais pas, tu ne respirais pas, tu étais mort !

Je m'éveillai. Il était encore de fort bonne heure, à ce qu'il me parut. Ma montre s'était arrêtée. J'étais comme brisé, je mourais de faim et de soif ; je n'avais rien pris depuis la veille au matin. Je repoussai loin de moi, avec indignation et dégoût, cet or dont peu d'heures auparavant j'avais follement enivré mon cœur ; maintenant il m'était odieux et je ne savais plus qu'en faire. Il ne pouvait rester ainsi sur le plancher. J'essayai si la bourse voudrait l'absorber de nouveau... Mais non ! Aucune de mes fenêtres ne s'ouvrait sur la mer. Je dus me résoudre à le traîner, avec une peine infinie et d'amères sueurs, jusqu'à une grande armoire qui se trouvait dans un cabinet ; je n'en laissai que quelques poignées à terre. Ce travail achevé, je m'allongeai, épuisé de fatigue, dans un fauteuil, et j'attendis que les gens commençassent à remuer dans la maison. Je me fis alors apporter à manger et je mandai l'hôtelier.

Je causai avec lui de l'ordonnance future de ma demeure. Il me recommanda, pour mon service personnel, un certain Bendel, dont la physionomie

ouverte et intelligente me conquit aussitôt. C'est lui dont l'attachement m'a depuis servi de guide consolateur à travers les maux de la vie et m'a aidé à supporter mon sort lamentable. Je passai toute la journée chez moi avec des valets sans maîtres, des cordonniers, des tailleurs et des marchands ; je m'installai et j'achetai surtout un grand nombre d'objets précieux et de pierreries, dans le seul but de me débarrasser d'une petite partie de mon or ; mais le tas ne me parut en rien diminué.

Cependant ma situation me plongeait dans les incertitudes les plus douloureuses. Je n'osais faire un pas hors de mon seuil, et le soir je faisais allumer quarante bougies dans mon salon avant de quitter ma chambre obscure. Je songeais avec effroi à ma terrible rencontre avec les écoliers. Je résolus, par un vigoureux effort de courage, d'éprouver une fois encore l'opinion publique. Il faisait alors clair de lune. Un soir, à une heure avancée, je m'enveloppai d'un large manteau, je rabattis mon chapeau sur mes yeux, et je me glissai, tremblant comme un malfaiteur, hors de mon logis. Ce n'est qu'en un endroit éloigné que je sortis de l'ombre des maisons, qui jusque-là m'avaient protégé, et m'exposai à la lueur de la lune, résolu à apprendre mon sort de la bouche des passants.

Épargne-moi, mon ami, le douloureux récit de tout ce qu'il me fallut endurer. Les femmes manifestaient souvent la profonde compassion que je leur inspirais, et cette compassion ne me déchirait pas moins l'âme que les railleries de la jeunesse et l'orgueilleux mépris des hommes, de ceux-là surtout qui, forts et de grande taille, projetaient une large ombre autour d'eux. Une belle et charmante jeune

fille accompagnant ses parents, qui regardaient avec circonspection à leurs pieds, tourna par hasard vers moi son œil brillant ; elle remarqua l'absence de mon ombre, frémit d'effroi, couvrit son beau visage de son voile et, baissant la tête, s'éloigna sans bruit.

Je n'y pus tenir plus longtemps. Des torrents de larmes jaillirent de mes yeux et, le cœur brisé, je me replongeai en chancelant dans l'obscurité. Je dus m'appuyer contre les maisons pour assurer mon pas, et je ne regagnai ma demeure que lentement et tard.

Je ne dormis pas de la nuit. Mon premier soin, au matin, fut de faire rechercher l'homme à l'habit gris. Peut-être réussirais-je à le retrouver, et quel bonheur si lui aussi se repentait, comme moi, de ce sot marché ! J'appelai Bendel. Il paraissait intelligent, adroit. Je lui dépeignis exactement l'homme entre les mains duquel était un trésor sans lequel la vie n'était pour moi qu'un supplice. Je lui indiquai le temps et le lieu où je l'avais vu ; je lui décrivis tous ceux qui se trouvaient là, et j'ajoutai comme renseignement particulier qu'il eût à s'enquérir attentivement d'un télescope de Dollond, d'un tapis de Turquie broché d'or, d'un pavillon magnifique et enfin de chevaux noirs, objets dont l'histoire, sans que je lui dise comment, se rattachait à celle de l'homme énigmatique que personne n'avait semblé remarquer et dont l'apparition avait détruit le repos et le bonheur de ma vie.

Après lui avoir donné ces instructions, j'allai prendre autant d'or que j'en pus porter, j'y ajoutai des pierreries et des joyaux d'une valeur plus grande encore, et je poursuivis :

– Bendel, ceci aplanit bien des chemins et rend aisées bien des choses qui ont paru impossibles. N'en sois pas plus avare que moi, mais va, et réjouis ton maître par des nouvelles sur lesquelles repose son unique espoir !

Il rentra tard et attristé. Aucun des gens de M. John, aucun de ses invités (il leur avait parlé à tous) n'avait le moindre souvenir de l'homme à l'habit gris. Le nouveau télescope était là, et personne ne savait d'où il était venu ; le tapis et la tente couvraient encore la colline, les valets vantaient la richesse de leur maître, et pas un ne pouvait dire comment il s'était procuré ces nouveaux objets de luxe. Lui-même y prenait plaisir, sans se soucier de savoir d'où il les tenait. Les jeunes gens qui avaient monté les chevaux les avaient encore dans leurs écuries, et ils célébraient la générosité de M. John, qui leur en avait fait présent.

Voilà tout ce que m'apprit le rapport détaillé de Bendel, dont le zèle et la prudence obtinrent mes justes éloges, en dépit de l'insuccès de ses démarches. D'un air sombre je lui fis signe de me laisser seul.

– J'ai rendu compte à monsieur, reprit-il, de ce qu'il lui importait le plus de savoir. Il me reste à m'acquitter d'une commission dont m'a chargé pour lui ce matin, au moment où je sortais pour l'affaire où j'ai si mal réussi, un individu que j'ai rencontré devant la porte. Voici en propres termes ce que m'a dit cet homme : « Dites à M. Peter Schlemihl qu'il ne me reverra plus ici, car je vais passer la mer, et un vent favorable m'appelle dès maintenant au port ; mais d'aujourd'hui en un an j'aurai l'honneur de lui rendre visite et de lui pro-

poser une nouvelle affaire, qu'il trouvera peut-être alors acceptable. Faites-lui mes très humbles compliments et assurez-le de ma reconnaissance. » Je lui ai demandé qui il était, mais il m'a répondu que vous le connaissiez bien.

– Quel air avait cet homme ? m'écriai-je plein de pressentiments.

Bendel me décrivit alors trait pour trait l'homme à l'habit gris, tel qu'il venait de le dépeindre dans son récit.

– Malheureusement ! m'écriai-je en me tordant les mains, c'était lui-même !

Alors la lumière se fit dans son esprit.

– Oui, c'était lui, c'était lui-même ! s'écria-t-il avec terreur. Et moi, aveugle, insensé que j'étais, je ne l'ai pas reconnu, et j'ai trahi mon maître !

Pleurant à chaudes larmes, il éclata contre lui-même en reproches des plus amers, et son désespoir excita ma compassion. J'essayai de le consoler, je lui assurai à plusieurs reprises que je ne doutais nullement de sa fidélité, et bientôt je l'envoyai au port en lui recommandant de suivre, si cela était possible, les traces de l'étrange individu. Mais ce jour même un grand nombre de vaisseaux, retenus jusque-là dans le port par les vents contraires, venaient de partir, tous vers d'autres contrées, tous vers d'autres côtes, et l'homme à l'habit gris avait disparu comme une ombre, sans laisser de trace !

3

De quel secours seraient des ailes à l'homme chargé de fers ? Elles ne feraient qu'augmenter son désespoir. J'étais, comme le dragon Faffner auprès de son trésor, dépourvu de toute consolation humaine et indigent au milieu de mon or ; loin de l'aimer, je le maudissais comme la cause de mon isolement ici-bas. Renfermant en moi-même mon triste secret, je tremblais devant le moindre de mes valets, que j'enviais en même temps car, lui, il possédait une ombre et pouvait se montrer au soleil. Seul et mélancolique, je passais les jours et les nuits dans mes appartements, et le chagrin dévorait mon cœur.

Un être aussi se consumait de tristesse sous mes yeux ; c'était mon fidèle Bendel. Il ne cessait de s'accuser silencieusement d'avoir trahi ma confiance en ne reconnaissant pas l'homme dont je l'avais chargé de s'informer, et auquel il devait croire mon triste sort uni. Pour moi, je ne pouvais rien lui reprocher : je reconnaissais dans l'événement la nature énigmatique de l'inconnu.

Pour ne négliger aucune voie de salut, j'envoyai

un jour Bendel avec une précieuse bague en diamants chez le peintre le plus célèbre de la ville, en le faisant prier de passer chez moi. Il vint. J'éloignai mes gens, je fermai la porte, m'assis près de l'artiste et, après avoir loué son talent, j'abordai la question avec un serrement de cœur, non sans lui avoir fait promettre auparavant le secret absolu.

– Monsieur le professeur, lui dis-je, pourriez-vous peindre une ombre factice à un homme qui, d'une façon très malheureuse, a perdu la sienne ?

– Vous parlez d'une ombre projetée ?

– Oui, naturellement.

– Mais par quelle maladresse, par quelle négligence cet homme a-t-il donc pu perdre son ombre ?

– Peu importe, repartis-je, comment cela est arrivé ! Je dirai pourtant, ajoutai-je en mentant effrontément, que, voyageant l'hiver dernier en Russie, son ombre, par un froid extraordinaire, gela si fortement sur le sol qu'il lui fut impossible de l'en détacher.

– L'ombre postiche que je pourrais lui peindre, reprit le professeur, serait de telle sorte qu'au moindre mouvement il la perdrait, surtout si, à en croire votre récit, il tenait si peu à celle que la nature lui avait donnée. Que celui qui n'a pas d'ombre n'aille pas au soleil : c'est le plus raisonnable et le plus sûr.

Il se leva et s'éloigna, en jetant sur moi un regard perçant que je ne pus soutenir. Je retombai dans mon fauteuil et je cachai mon visage dans mes mains.

Bendel, en entrant, me trouva dans cette attitude. Il vit la douleur de son maître, et allait respectueusement se retirer. Je levai les yeux... Mon cha-

grin m'oppressait tellement qu'il me fallait trouver un confident.

– Bendel, lui criai-je, Bendel, toi qui seul vois mes souffrances et les respectes, sans chercher à en pénétrer la cause, mais qui sembles les partager en secret, approche, et sois le confident de mon cœur. Je ne veux pas te cacher l'immensité de mon infortune. Bendel, ne m'abandonne pas. Tu me vois riche, généreux, bienveillant ; tu t'imagines que le monde devrait me glorifier, et tu me vois fuir le monde et me dérober à sa vue !... Bendel, ce monde m'a jugé, il me repousse... et toi aussi peut-être tu te détourneras de moi quand tu sauras mon effroyable secret. Bendel, je suis riche, généreux, bienveillant, mais... ô Dieu !... je n'ai pas... d'ombre.

– Pas d'ombre ! s'écria le brave garçon épouvanté, et des larmes coulèrent de ses yeux. Malheur à moi qui étais destiné à servir un maître sans ombre !

Il se tut, et je cachai mon visage dans mes mains.

– Bendel, repris-je d'une voix tremblante, après un assez long silence, maintenant tu possèdes mon secret, et tu peux le trahir. Va, et dépose contre moi.

Il parut être en proie à un violent combat intérieur ; enfin il se précipita à mes pieds et, arrosant ma main de ses larmes :

– Non, s'écria-t-il, quoi que puisse en penser le monde, je ne puis et ne veux abandonner mon bon maître parce qu'il a perdu son ombre. Plus honnête que prudent, je resterai près de vous, je vous prêterai mon ombre, je vous aiderai si je le puis et, si cela est impossible, je pleurerai avec vous.

Je me jetai à son cou, étonné d'une telle résolution, car j'étais bien convaincu qu'il n'agissait pas ainsi par amour de l'or.

A partir de ce jour il y eut quelque changement dans ma destinée et dans mon genre de vie. Bendel s'attachait avec un soin inexprimable à dissimuler ce qui me manquait. Il était toujours avec moi, devant moi, prévoyant tout, veillant à tout et, à la menace du moindre péril, me couvrant aussitôt de son ombre, car il était plus grand et plus corpulent que moi.

Alors j'osai me mêler de nouveau aux hommes, et je commençai à jouer un rôle dans le monde. Je devais, il est vrai, affecter bien des bizarreries, mais elles siéent si bien aux riches ! Et tant que la vérité demeura cachée, je jouis de tous les honneurs et de toute la considération que l'on devait à mon or. J'attendais avec plus de calme l'époque de la visite de l'énigmatique inconnu.

Je sentais très bien que je ne devais pas séjourner trop longtemps dans un lieu où déjà l'on m'avait vu sans ombre et où je pouvais être reconnu à tout moment. J'étais aussi peut-être le seul à me rappeler la façon dont je m'étais présenté chez M. John, et ce souvenir m'était pénible. Je ne voulais donc que répéter ici un rôle, pour le jouer ailleurs avec plus de facilité et d'assurance ; mais je fus retenu quelque temps par ma vanité. C'est là, chez l'homme, que l'ancre trouve le plus sûrement le fond.

La belle Fanny, que je rencontrai pour la troisième fois, sans qu'elle se rappelât m'avoir jamais vu, m'accorda néanmoins quelque attention, car, maintenant, j'avais de l'esprit, de l'intelligence.

Quand je parlais, on m'écoutait, et je ne savais pas moi-même comment j'avais acquis l'art de manier si bien la parole et de diriger la conversation. L'impression que je crus avoir faite sur la belle me tourna la tête, comme elle le désirait, et je ne cessai de la suivre, avec mille dangers, à travers l'ombre et le crépuscule. Mon orgueil se bornait simplement à la rendre orgueilleuse de moi ; je ne pus parvenir, en dépit de ma bonne volonté, à faire passer mon ivresse de ma tête dans mon cœur.

Mais à quoi bon te raconter longuement et en détail une histoire si ordinaire ? Toi-même tu m'en as narré souvent de semblables, arrivées également à d'honnêtes gens. Cette fois, pourtant, la pièce rebattue dans laquelle j'avais accepté naïvement un rôle vieux comme le monde eut un dénouement nouveau et inattendu de tous.

Un beau soir que, selon ma coutume, j'avais réuni une société dans un jardin, je me promenais au bras de la belle Fanny, à quelque distance de mes invités. Son regard était modestement baissé. Tout à coup la lune surgit derrière nous du sein des nuages, et Fanny ne vit qu'une seule ombre réfléchie devant nous – la sienne. Elle tressaillit, me regarda avec inquiétude, puis reporta ses yeux à terre, y cherchant mon ombre à moi. Ce qui se passait en elle se peignait d'une façon si singulière sur sa physionomie, que je serais parti d'un éclat de rire, si je n'avais été saisi d'un frisson glacial.

Elle lâcha mon bras, et s'évanouit. Je m'élançai comme une flèche à travers mes hôtes terrifiés, gagnai la porte, me jetai dans la première voiture qui se rencontra, et rentrai précipitamment en ville où, pour mon malheur, j'avais laissé le prévoyant

Bendel. Il frémit à mon aspect ; un mot lui apprit tout. On fit venir sur-le-champ des chevaux de poste. Je ne pris avec moi qu'un de mes gens, un rusé coquin nommé Rascal qui avait su, par son adresse, se rendre nécessaire, et qui ne pouvait avoir la moindre idée de l'événement en question. La même nuit je franchis un espace de trente miles. Bendel resta en arrière pour régler mes affaires, distribuer de l'or et m'apporter le nécessaire. Le lendemain, lorsqu'il me rejoignit, je me jetai dans ses bras et lui promis de ne plus commettre d'imprudence et d'être à l'avenir plus circonspect. Nous continuâmes notre voyage sans interruption jusqu'à la frontière et la montagne. Ce ne fut que sur l'autre versant, quand je me trouvai séparé par ce haut rempart de cette terre maudite, que je consentis à me reposer de mes fatigues dans une station de bains située aux environs et peu fréquentée.

4

Je serai forcé de passer rapidement, dans mon récit, sur une époque à laquelle j'aurais tant de plaisir à m'arrêter, si ma mémoire pouvait en évoquer le charme. Mais les couleurs qui l'animaient, et qui seules pourraient la faire revivre, sont éteintes en moi, et quand j'essaie de retrouver dans mon sein les sentiments qui jadis le faisaient battre si fortement, joies et douleurs, pieuses illusions, alors je frappe un rocher d'où ne peut jaillir aucune source de vie. Le dieu s'est retiré de moi, et comme il m'apparaît sous des traits différents, ce temps qui n'est plus !

Je m'étais proposé de jouer là un rôle héroïque ; mais inexpérimenté et novice, je sors de mon rôle et me laisse éblouir par deux yeux bleus !

Les parents, déçus par mon jeu, s'empressent d'en finir avec moi, et la farce grossière se termine par une mystification.

Et c'est là tout, c'est là tout ! Cela me semble aujourd'hui absurde et ridicule, et d'autre part il est bien triste de juger ainsi ce qui alors faisait battre si fortement mon cœur.

Ô Mina ! de même que je pleurai lorsque jadis je te perdis, à présent je pleure de ne pouvoir te retrouver en moi. Suis-je donc devenu si vieux ? Ô triste raison ! Seulement une pulsation de ce temps, une minute de cette illusion... Mais non, me voilà seul sur tes vagues amères, ô raison, et depuis longtemps le dernier arôme de la liqueur enivrante s'est dissipé !

J'avais fait prendre les devants à Bendel avec quelques sacs d'or, afin qu'il me préparât un logement en rapport avec mes besoins. L'or qu'il sema à profusion et l'ambiguïté de ses paroles sur l'étranger de distinction qu'il servait (car je ne voulais pas qu'on sût mon nom) firent naître chez les braves gens de cette petite ville une singulière idée. Dès que ma maison fut prête à me recevoir, Bendel vint me retrouver, et nous nous mîmes en route.

A une lieue environ de la ville, dans un endroit exposé au soleil, une foule en habits de fête nous barra le chemin. La voiture s'arrêta. Musique, son des cloches, coups de canon retentirent à la fois, et de bruyants vivats déchirèrent les airs. Une troupe de jeunes filles vêtues de blanc parut à la portière de la voiture ; toutes étaient fort belles, mais leur beauté disparaissait devant celle d'une de leurs compagnes comme les étoiles de la nuit devant le soleil. Cette superbe et gracieuse créature s'avança la première, s'agenouilla devant moi en rougissant, et me présenta, sur un coussin de soie, une couronne où s'entrelaçaient le laurier, l'olivier et les roses ; en même temps elle m'adressa, en y mêlant les mots de majesté, respect, amour, un compliment que je ne compris pas, mais dont le

son argentin enivra mon oreille et mon cœur. Il me semblait que cette apparition céleste avait déjà passé près de moi. Le chœur entonna ses chants. Il célébra les louanges d'un bon roi et le bonheur de son peuple.

Et cette scène, mon ami, avait lieu en plein soleil ! Elle était toujours à genoux à deux pas de moi, et moi, privé de mon ombre, je ne pouvais franchir ce petit espace, m'élancer à mon tour aux genoux de cet ange ! Oh ! que n'aurais-je pas donné en cet instant pour avoir une ombre ! Il me fallut cacher tout au fond de ma voiture ma honte, mon angoisse, mon désespoir. Bendel prit enfin un parti pour moi. Il s'élança de

la voiture par l'autre portière ; je le rappelai et je tirai de ma cassette, pour la lui remettre, une riche couronne en diamants, destinée jadis à parer le front de la belle Fanny. S'avançant et parlant au nom de son maître, il dit que je ne pouvais ni ne voulais accepter de telles démonstrations et qu'é-

videmment on se méprenait, mais que je n'en remerciais pas moins les braves habitants pour leurs bonnes intentions. Il prit sur le coussin la couronne de fleurs qui m'était présentée et y mit à sa place le diadème ; puis il offrit respectueusement la main à la belle jeune fille pour la relever, et d'un geste congédia clergé, autorités et députations ; on ne laissa plus s'approcher personne. Il ordonna à la foule d'ouvrir le passage à la voiture, remonta dans celle-ci, et nous repartîmes au grand galop vers la ville, en passant sous un arc de triomphe décoré de branchages et de fleurs. Le canon ne cessait de tonner. La voiture s'arrêta devant ma demeure : je m'élançai promptement vers la porte, en fendant la foule qu'avait attirée le désir de me voir. La populace criait *vivat !* sous ma fenêtre, d'où je fis pleuvoir les doubles ducats. Le soir, la ville fut spontanément illuminée.

Et je ne savais toujours pas ce que tout cela signifiait et pour qui l'on me prenait. J'envoyai Rascal aux informations. On lui raconta qu'on savait de source certaine que le roi de Prusse voyageait dans le pays sous le nom d'un comte ; que mon adjudant avait été reconnu et avait trahi mon incognito ; qu'on avait été bien heureux, enfin, en acquérant la certitude de me posséder dans l'endroit même. Maintenant qu'il était évident que je voulais garder le plus strict incognito, on se repentait d'avoir si inopportunément soulevé le voile. Mon mécontentement, toutefois, avait été accompagné de tant de marques de clémence et de grâce, que je pardonnerais, espérait-on, à leurs bons cœurs.

Mon drôle trouva la chose si plaisante que, se mettant à les réprimander, il fit tout son possible

pour affermir ces bonnes gens dans leur croyance. Il me fit un rapport très comique et, voyant que ce récit m'amusait, il alla jusqu'à se vanter de la méchanceté qu'il avait commise. Dois-je l'avouer ? j'étais pourtant flatté d'être pris pour l'illustre personnage avec lequel on me confondait.

J'ordonnai qu'on préparât pour le lendemain soir, sous les arbres qui ombrageaient le devant de ma demeure, une fête à laquelle je fis inviter toute la ville. La puissance secrète de ma bourse, les efforts de Bendel et l'activité ingénieuse de Rascal triomphèrent même du temps. Tout s'organisa en

quelques heures avec une richesse et une somptuosité vraiment admirables. La magnificence égalait la profusion. L'illumination était distribuée avec tant d'art et d'adresse que je me sentais tout à fait rassuré. Je n'avais, sous tous les rapports, que des éloges à donner à mes serviteurs.

Le soir arriva ; les invités parurent et me furent présentés. On ne parla plus de Majesté, mais, avec le plus profond respect, on me nommait : monsieur le comte. Que pouvais-je faire ? J'acceptai ce titre, et dès ce moment je devins le comte Pierre. Au milieu du tumulte de la fête, mon âme n'aspirait qu'à une seule personne. Elle vint tard, celle qui était la couronne – et qui la portait ! Elle suivait modestement ses parents et paraissait ignorer qu'elle fût la plus belle. On me présenta M. l'inspecteur des forêts, sa femme et sa fille. Je réussis à dire aux parents mille choses aimables et obligeantes, mais je restai devant la fille comme un écolier pris en faute et ne parvins pas à trouver un mot. Enfin je la priai, en balbutiant, d'honorer cette fête en y remplissant le rôle que lui assignait la couronne dont elle était parée. Elle me demanda par un regard timide et touchant de la dispenser de ce soin ; mais plus intimidé qu'elle-même, je lui offris mon plus profond hommage comme le premier de ses sujets, et mon attitude à son égard servit immédiatement de mot d'ordre à tous mes hôtes. Majesté, innocence et grâce unies à la beauté donnèrent lieu à une joyeuse fête.

Les heureux parents de Mina s'attribuaient les honneurs que l'on rendait à leur fille ; moi-même j'étais dans une ivresse inexprimable. Je fis mettre dans deux plats couverts tous les bijoux, perles, dia-

mants que j'avais achetés autrefois pour me débarrasser de mon or, et je les fis distribuer à table, au nom de la reine, à toutes les dames ; en même temps, par-dessus les barrières que l'on avait posées, on jetait sans interruption de l'or à la foule qui poussait des cris d'allégresse.

Le lendemain matin, Bendel me prévint en confidence que les soupçons qu'il avait conçus depuis longtemps sur l'honnêteté de Rascal s'étaient enfin changés en certitude.

– Hier, me dit-il, je l'ai vu détourner des sacs pleins d'or.

– Laissons au pauvre diable, lui répondis-je, la jouissance de ce petit butin ; je donne volontiers à tous, pourquoi pas aussi à lui ? Hier il m'a servi très bien, ainsi que les gens que tu as nouvellement attachés à ma maison ; tous ont contribué à rendre la fête joyeuse.

Il ne fut plus question de cet incident. Rascal demeura le premier de mes domestiques, mais Bendel était mon ami et mon confident. Celui-ci s'était accoutumé à regarder mes richesses comme inépuisables, sans chercher à en connaître la source. Se conformant à mes idées, il m'aidait plutôt à inventer des occasions de les mettre en évidence et de prodiguer mon or. Quant à l'inconnu, au pâle flagorneur, voici tout ce qu'il en savait : c'est que par lui seul je pouvais être délivré de la malédiction qui pesait sur moi ; que je le craignais, lui en qui je mettais mon unique espérance, et que, convaincu de l'inutilité de toute recherche, sachant que lui, au contraire, saurait me découvrir partout, je me résignais à attendre le jour fixé.

La splendeur de ma fête et mon attitude confirmèrent d'abord les crédules habitants de la ville dans leur première opinion. Cependant, les gazettes démentirent bien vite le prétendu voyage du roi de Prusse. Mais on avait fait de moi un roi, et il fallait absolument que je le restasse, et l'un des plus riches et des plus puissants. Seulement, on ne savait pas au juste quel roi je pouvais être. Le monde n'a jamais eu de motifs pour se plaindre du manque de monarques, et de nos jours moins que jamais. Ces braves gens, qui n'en avaient encore vu aucun de

leurs yeux, me prenaient avec le même bonheur tantôt pour celui-ci, tantôt pour celui-là. Et le comte Pierre restait toujours ce qu'en réalité il était.

Un jour arriva aux bains un négociant qui avait fait banqueroute pour s'enrichir ; il jouissait de la considération générale, et jetait devant lui une ombre large, quoique un peu pâle. Il voulait dépenser ici d'une façon grandiose la fortune qu'il avait amassée, et il lui prit envie de rivaliser avec moi. Mais je ne ménageai pas ma bourse, et je ruinai le pauvre diable à tel point que, pour sauver sa considération, il dut faire banqueroute une seconde fois et repasser les monts. J'en fus ainsi débarrassé. Oh ! que de vauriens et de fainéants j'ai faits dans ce pays !

En dépit de cette magnificence et de cette profusion vraiment royales, je vivais dans ma maison très simplement et très retiré. Je m'étais fait une règle de la plus grande circonspection : nul autre que Bendel n'avait le droit d'entrer, sous n'importe quel prétexte, dans mon appartement particulier. Tant que brillait le soleil, je m'y tenais renfermé avec lui, et l'on disait : « Le comte travaille dans son cabinet. » Les nombreux courriers que j'expédiais et recevais pour la moindre bagatelle étaient la preuve vivante de ce travail. Je ne voyais de société que le soir, dans mon jardin ou dans mon salon, richement et adroitement illuminés par les soins de Bendel. Quand je sortais, toujours surveillé par les yeux d'Argus du susdit Bendel, ce n'était que pour me rendre au jardin de l'inspecteur des forêts ; mon amour pour sa fille dominait en effet ma vie entière.

Ô mon bon Chamisso ! je veux espérer que tu n'as pas oublié encore ce que c'est que l'amour, et je te laisse suppléer à ce qui manque ici. Mina était une enfant réellement digne d'affection, une bonne et douce enfant ; j'avais captivé toute son imagination. Elle se demandait, dans sa modestie, comment elle avait pu mériter que je jetasse les yeux sur elle, et elle rendait amour pour amour avec toute la juvénile ardeur d'un cœur innocent. Elle aimait comme une femme, se sacrifiant tout entière, s'oubliant elle-même, dévouée, ne songeant qu'à celui qui était sa vie, ne s'inquiétant pas de courir à sa propre perte... En un mot, elle aimait véritablement.

Pour moi – oh ! quelles heures affreuses – affreuses, et dignes pourtant de mes regrets – j'ai passées à pleurer dans le sein de Bendel, depuis que, revenu d'une première ivresse, je fus rentré en moi-même ! moi qui, privé d'ombre, attirais à moi par le mensonge et la ruse, avec un égoïsme perfide, cette âme pure, cet ange ! Tantôt je voulais me dévoiler à elle ; tantôt je promettais, avec de solennels serments, de m'arracher à elle et de m'enfuir ; ou je fondais de nouveau en larmes, et je concertais avec Bendel les moyens de la revoir le soir même dans le jardin de son père.

A d'autres moments je fondais de grandes espérances sur la prochaine visite de l'inconnu à l'habit gris, mais je me remettais à pleurer, après avoir vainement essayé de me repaître de chimères. J'avais calculé le jour où je comptais le revoir, car il avait dit : D'aujourd'hui en un an ! et j'avais foi en sa parole.

Les parents de Mina étaient de bonnes vieilles

gens qui adoraient leur fille unique. Notre amour les surprit avant qu'ils s'en fussent avisés, et ils ne savaient que faire. Jamais jusque-là ils n'avaient pensé que le comte Pierre pût songer à leur enfant ; et voilà qu'il l'aimait et qu'il en était aimé ! La mère était assez vaine pour se bercer de la possibilité d'une alliance et pour y travailler ; mais le bon sens du vieillard se refusait à une aussi folle ambition. Tous deux étaient convaincus de la pureté de mes sentiments ; ils ne pouvaient faire qu'une chose, prier pour leur fille.

Il me tombe sous la main une lettre de Mina, écrite à cette époque. Oui, c'est son écriture ! je veux te la transcrire :

« Je suis une pauvre fillette aux idées folles, capable de m'imaginer que mon bien-aimé, parce que je l'aime tendrement, tendrement, ne voudrait pas faire de mal à la pauvre fillette. Ah ! tu es si bon, si incomparablement bon ! Mais entends-moi bien, tu ne dois rien me sacrifier, rien vouloir me sacrifier. Ô Dieu ! si tu faisais cela, je serais capable de me haïr. Non, tu m'as rendue infiniment heureuse, tu m'as appris à t'aimer. Pars ! je connais ma destinée : le comte Pierre n'appartient pas à moi, il appartient au monde. C'est avec orgueil que j'entendrai dire : C'était lui, lui encore... et il a fait cela... ici on l'a adoré, là on l'a divinisé... Vois-tu, quand je songe à cela, je me fâche contre toi de ce que tu peux oublier ta haute destinée auprès d'une pauvre enfant. Pars, ou cette pensée finira par détruire mon bonheur, à moi qui suis par toi si contente, si heureuse. N'ai-je pas aussi mêlé à ma vie un rameau d'olivier et un bouton de rose, comme à la couronne que j'osai t'offrir ? Je te possède dans mon cœur, ô mon bien-

aimé ! Ne crains donc pas de me quitter ! Je mourrai si heureuse, oui, si parfaitement heureuse par toi ! »

Je te laisse à penser combien ces lignes devaient me déchirer le cœur. Je déclarai à Mina que je n'étais pas ce que l'on semblait me croire ; que j'étais un homme riche, mais infiniment misérable ; que sur ma tête pesait une malédiction dont je lui

faisais mystère, parce que je ne désespérais pas encore de m'en voir délivré ; que le poison de mes jours était l'appréhension de l'entraîner avec moi dans l'abîme, elle, l'unique lumière, l'unique bonheur, l'unique bien de ma vie. Alors elle pleurait de nouveau parce que j'étais malheureux. Elle était si aimante, si bonne ! Pour racheter une seule de mes larmes, elle se fût – avec quelle joie ! – sacrifiée tout entière.

Elle était cependant bien loin d'interpréter mes paroles dans leur vrai sens ; elle supposait simplement que j'étais quelque prince frappé d'un dur bannissement, quelque illustre proscrit, et son imagination ne cessait de lui peindre son bien-aimé sous des couleurs héroïques et grandioses.

Une fois, je lui dis :

– Mina, le dernier du mois prochain peut changer mon sort et en décider ; si cela n'arrive pas, il ne me restera plus qu'à mourir, car je ne veux pas te rendre malheureuse.

Elle cacha en pleurant son visage dans mon sein.

– Si ton sort change, me dit-elle, laisse-moi seulement te savoir heureux, je ne prétends pas à toi ; mais si tu es misérable, lie-moi à ta misère, afin que je t'aide à la porter.

– Jeune fille, jeune fille, reprends-le, ce mot trop prompt, ce mot insensé qui s'est échappé de tes lèvres ! Et la connais-tu, cette misère ? La connais-tu, cette malédiction ? Sais-tu qui est ton bien-aimé ? Sais-tu ce qu'il... ? Ne vois-tu pas que je frissonne avec terreur, que je te cache un secret ?

Elle tomba à mes pieds en sanglotant, et réitéra sa prière et sa promesse.

L'inspecteur des forêts entra. Je lui déclarai que mon intention était de lui demander la main de sa fille le premier jour du mois suivant. Je lui précisais ce temps, ajoutai-je, parce que d'ici là certains événements pourraient influer sur mon sort ; mais en tout cas mes sentiments pour sa fille étaient inaltérables.

Le brave homme fut pris d'une véritable frayeur, en entendant de telles paroles sortir de la bouche du comte Pierre. Il me sauta au cou, puis il resta tout confus de s'être ainsi oublié. Cependant il se mit à réfléchir ; il parla de dot, de sécurité pour l'avenir de sa chère enfant. Je le remerciai de m'y avoir fait songer, et j'ajoutai que, désirant me fixer dans ce pays, où je paraissais être aimé, pour y mener une vie exempte de soucis, je le priais d'acheter, au nom de sa fille, les plus belles terres qui se trouveraient à vendre dans la contrée, et d'en assigner sur moi le paiement. En pareille circonstance, ajoutai-je, c'est un père qui peut le mieux servir un fiancé.

Cette tâche fut pénible pour lui, car partout un étranger l'avait prévenu dans ses achats ; aussi ne put-il acquérir de biens que pour environ un million.

Le soin dont je le chargeais était au fond une ruse innocente pour l'éloigner ; et j'avais déjà usé de quelques moyens semblables, car le brave homme ne laissait pas que d'être un peu à charge. La chère maman, en revanche, avait l'ouïe dure, et n'était pas, comme son mari, jalouse de l'honneur d'entretenir M. le comte.

Cette dernière survint. Les heureuses gens me pressèrent de prolonger avec eux la soirée. Mais je

n'avais pas une minute à perdre : déjà je voyais la lune s'élever à l'horizon. Mon temps était passé.

Le lendemain soir, je revins au jardin de l'inspecteur des forêts. J'avais jeté mon manteau sur mes épaules et rabattu mon chapeau sur mon front. Je m'avançai vers Mina : elle leva les yeux, m'aperçut, et fit un mouvement involontaire. Alors je crus revoir l'apparition qui s'était offerte à moi durant cette nuit affreuse où je m'étais exposé sans ombre aux rayons de la lune. C'était bien elle que j'avais vue cette nuit-là : m'avait-elle aussi reconnu ?

Elle restait silencieuse et pensive... ma poitrine était oppressée. Je me levai de mon siège ; elle se jeta dans mes bras, muette et tout en pleurs. Je partis.

Depuis ce moment je la trouvai souvent en larmes. Mon âme s'assombrit de plus en plus. Les parents, seuls, nageaient dans une félicité parfaite.

Le jour fatal approchait, sinistre et menaçant comme une nuée orageuse. C'était la veille au soir. A peine pouvais-je respirer. J'avais eu la précaution d'emplir d'or quelques caisses ; je veillai en attendant la douzième heure. Elle sonna.

J'étais assis là, l'œil fixé sur les aiguilles de la pendule, comptant les minutes, les secondes, comme autant de coups de poignard. Au moindre bruit je tressaillais. Le jour commença à poindre. Les heures trop lentes se chassèrent l'une l'autre ; journée, soirée, nuit, disparurent tour à tour. Les aiguilles s'avançaient, l'espoir s'éteignait. Onze heures sonnèrent : rien n'apparut. Les dernières minutes de la dernière heure s'écoulèrent :

rien n'apparut ! Minuit ! premier coup... douzième coup... et, désespéré, versant un torrent de larmes, je retombai sur mon lit. Ce matin même je devais demander la main de ma bien-aimée, et j'étais privé à jamais de mon ombre ! Un sommeil plein d'angoisse me ferma les yeux vers le matin.

5

Il était encore de bonne heure lorsque je fus réveillé par des voix qui s'élevaient avec emportement dans mon antichambre. Je prêtai l'oreille : Bendel défendait ma porte ; Rascal jurait ses grands dieux qu'il ne recevrait pas d'ordre de son égal, et il prétendait entrer chez moi. L'excellent Bendel lui représentait que si ces propos parvenaient à mes oreilles, ils lui feraient perdre un service avantageux. Rascal le menaçait de porter la main sur lui s'il s'obstinait plus longtemps à lui interdire l'entrée.

Je m'étais habillé à moitié ; j'ouvris ma porte avec colère, et me précipitai vers Rascal :

– Que veux-tu, mauvais drôle ?

Il fit deux pas en arrière et me répondit avec un très grand sang-froid :

– Vous supplier très humblement, monsieur le comte, de me faire voir enfin votre ombre ; un soleil magnifique luit justement dans la cour.

J'étais comme frappé de la foudre. Il se passa longtemps avant que je retrouvasse la parole :

– Comment un valet peut-il se permettre vis-à-vis de son maître ?...

Il m'interrompit avec le plus grand calme :

– Un valet peut être un très honnête homme et ne pas vouloir servir un maître qui n'a pas d'ombre ; je réclame mon congé.

Il me fallut changer d'allure :

– Mais, Rascal, mon cher Rascal, qui t'a mis en tête cette malheureuse idée ? comment peux-tu croire ?...

Il continua sur le même ton :

– Il y a des gens qui prétendent que vous n'avez point d'ombre et, bref, vous me montrerez votre ombre, ou vous me donnerez mon congé.

Bendel, pâle et tremblant, mais avec plus de présence d'esprit que moi, me fit un signe, et j'eus recours à la toute-puissance de l'or ; mais l'or même avait perdu sa vertu. Rascal me le jeta aux pieds :

– Je n'accepte rien d'un homme sans ombre.

Il me tourna le dos et, son chapeau sur la tête, sortit lentement en sifflant un air. Bendel et moi restâmes là comme pétrifiés, et le suivîmes de l'œil, stupéfaits et immobiles.

Enfin, avec de gros soupirs et la mort dans le cœur, je me disposai à dégager ma parole et à paraître dans le jardin de l'inspecteur, comme un criminel devant ses juges. Je descendis sous l'épais berceau de verdure auquel on avait donné mon nom, et où la famille devait m'attendre. La mère vint à moi, le front serein et joyeux. Mina était assise, belle et pâle comme la neige qui vient quelquefois en automne baiser les dernières fleurs, et qui bientôt après doit fondre en eau amère ! L'inspecteur, un écrit à la main, se promenait d'un pas fiévreux ; il semblait se contraindre avec effort, à en juger par la rougeur et la pâleur successives de son visage d'ordinaire impassible. Il vint à moi et, s'interrompant à plusieurs reprises, me demanda un entretien particulier. L'allée dans laquelle il m'invitait à le suivre conduisait à une partie ouverte du jardin qu'éclairait le soleil. Je me laissai tomber,

sans répondre, sur un siège, et il se fit un long silence, que la mère elle-même n'osa pas interrompre.

L'inspecteur continuait à parcourir le bosquet à pas inégaux et précipités ; tout à coup il s'arrêta devant moi, jeta un regard sur le papier qu'il avait en main, et me dit, en me lançant un coup d'œil scrutateur :

– Serait-il vrai, monsieur le comte, qu'un certain Peter Schlemihl ne vous fût pas inconnu ?

Je gardai le silence. Il continua :

– Un homme d'un caractère supérieur, de qualités remarquables.

Il attendait une réponse.

– Eh bien ! lui dis-je, si c'était moi ?

– Un homme, s'écria-t-il impétueusement, qui a perdu son ombre !

– Ô mon pressentiment, mon pressentiment ! s'écria Mina ; oui, je le sais depuis longtemps, il n'a point d'ombre !

Et elle se jeta dans les bras de sa mère qui, pleine d'effroi, la serra convulsivement contre elle, lui reprochant d'avoir tu un secret de ce genre. Elle était, comme Aréthuse, changée en une fontaine de larmes qui coulaient plus abondantes au son de ma voix, accompagnées de violents sanglots.

– Et vous avez eu l'audace, reprit le forestier furieux, de me tromper, moi, ainsi qu'elle ; et vous prétendez l'aimer, celle que vous avez rendue si malheureuse ! Voyez-la pleurer et se tordre les mains ! Oh ! malheur, malheur !

J'étais dans un tel état de trouble, que je répondis comme un homme en délire. Je balbutiai qu'une ombre n'était en définitive qu'une ombre, qu'on

pouvait s'en passer, et que ce n'était pas la peine de faire tant de bruit pour cela. Mais je sentais si bien le manque de fondement de ce que je disais, que je m'arrêtai de moi-même, sans qu'il eût daigné me répondre. J'ajoutai néanmoins que ce que l'on a perdu peut se retrouver un jour.

Il m'apostropha avec colère :

– Avouez-le-moi, monsieur, avouez-le-moi, comment avez-vous perdu votre ombre ?

Je dus de nouveau mentir :

– Un jour, lui dis-je, un malotru marcha dessus si lourdement, qu'il y fit un grand trou ; je l'ai simplement donnée à réparer, car l'or opère des miracles. On devait déjà me la rapporter hier.

– Bien, monsieur, très bien ! reprit l'inspecteur des forêts. Vous recherchez la main de ma fille, d'autres y aspirent comme vous ; c'est à moi, en qualité de père, à prendre soin d'elle. Je vous donne trois jours pour vous procurer une ombre. Si d'ici à trois jours

vous vous présentez devant moi avec une ombre qui s'ajuste bien à vous, vous serez le bienvenu ; mais le quatrième jour, je vous le déclare, ma fille sera l'épouse d'un autre.

Je voulus essayer d'adresser encore un mot à Mina, mais elle se cacha en sanglotant dans le sein de sa mère, et celle-ci me fit signe en silence de m'éloigner. Je partis en chancelant ; il me sembla que le monde se fermait derrière moi.

Échappé à la vigilance dévouée de Bendel, je parcourus les bois et les plaines. Une sueur froide découlait de mon front, de sourds gémissements sortaient du fond de ma poitrine, la folie se déchaînait en moi.

J'ignore combien de temps je courais ainsi, lorsque, sur une lande éclairée par le soleil, je me sentis tirer par la manche. Je me retournai : c'était l'homme à l'habit gris.

Il paraissait m'avoir poursuivi à perte d'haleine. Il prit aussitôt la parole :

– Je vous avais annoncé ma visite pour aujourd'hui ; mais vous n'avez pas eu la patience d'attendre. Du reste, tout ira bien encore ; suivez mon conseil, reprenez votre ombre, que je tiens à votre disposition, et retournez tout de suite sur vos pas. Vous serez le bienvenu dans le jardin de l'inspecteur, et tout n'aura été qu'une plaisanterie. Quant à Rascal, qui vous a trahi et qui brigue la main de votre fiancée, j'en fais mon affaire : le scélérat est mûr pour la potence.

Je croyais rêver... « Annoncé sa visite pour aujourd'hui ? » Je me remis à compter. Il avait raison, je m'étais continuellement trompé d'un jour dans mon calcul. Ma main chercha la bourse sur ma

poitrine ; l'homme devina ma pensée et recula de deux pas :

– Non, monsieur le comte, me dit-il, elle est en trop bonnes mains, conservez-la.

Je l'interrogeai d'un regard étonné ; il poursuivit :

– Je ne demande qu'une bagatelle en guise de souvenir ; veuillez simplement me signer ce billet.

Le parchemin contenait ces mots :

« Je soussigné lègue au porteur de la présente mon âme après sa séparation naturelle d'avec mon corps. »

Muet d'étonnement, je considérai tour à tour le billet et l'inconnu. Durant ce temps il avait recueilli sur ma main, avec le bec d'une plume nouvellement

taillée, une goutte de sang due à la piqûre d'une épine, et il me la présenta.

– Qui donc êtes-vous ? lui dis-je à la fin.

– Que vous importe ? me répondit-il ; et d'ailleurs ne le voyez-vous pas ? Je suis un pauvre diable, une espèce de savant, de physicien qui, en récompense des services qu'il rend à ses amis, ne recueille d'eux qu'ingratitude, et n'a d'autre amusement en ce monde que ses petites expériences. Mais signez donc, là, à droite, au bas du papier : *Peter Schlemihl.*

Je secouai la tête et lui dis :

– Pardonnez-moi, monsieur, je ne signerai pas.

– Vous ne signerez pas ? reprit-il tout surpris ; et pourquoi pas ?

– Mais c'est une chose qui mérite quelque réflexion, que de racheter mon ombre au prix de mon âme !

– Ah ! ah ! reprit-il, une chose qui demande réflexion !

Et il partit d'un grand éclat de rire à mon adresse.

– Oserai-je vous demander ce que c'est que votre âme ? L'avez-vous jamais vue ? Et que comptez-vous en faire après votre mort ? Soyez donc heureux de trouver un amateur qui, de votre vivant, mette au legs de cet X algébrique, de cette force galvanique ou de polarisation, de cette sotte chose, quelle qu'elle soit, un prix très réel, le prix de votre ombre, auquel sont attachés la possession de votre bien-aimée et l'accomplissement de tous vos vœux ; ou préférez-vous la livrer vous-même, la pauvre jeune fille, au vil coquin qui a nom Rascal... Non ; et c'est ce qu'il vous faudrait voir de vos propres yeux ! Venez, je vous prêterai ce bonnet enchanté

(il tira quelque chose de sa poche) et nous irons, sans être vus, faire un tour au jardin de l'inspecteur des forêts.

Je dois l'avouer, j'avais honte d'entendre cet homme rire ainsi de moi. Je le haïssais du fond du cœur, et je crois que cette antipathie personnelle m'empêchait, plus encore que mes principes ou mes préjugés, de racheter mon ombre, quelque besoin que j'en eusse, au prix de la signature demandée. Je ne pouvais non plus me résoudre à faire dans sa compagnie la promenade qu'il me proposait ; ce laid flagorneur, ce kobold au rire moqueur, le voir entre moi et ma bien-aimée, entre nos deux cœurs déchirés, sanglants, cela décidément me révoltait. Je considérais le passé comme irrévocable, et mon malheur comme consommé. Me retournant donc vers cet homme, je lui dis :

– Monsieur, je vous ai vendu mon ombre pour cette bourse, qui d'ailleurs est précieuse, et je m'en suis assez repenti. Pouvons-nous rompre le marché, au nom du ciel ?

Il secoua la tête, et ses traits prirent une expression sinistre. Je poursuivis :

– Eh bien ! Je ne vous vendrai plus rien qui m'appartienne, même pour ravoir mon ombre, et je ne signerai rien. Vous comprendrez aussi que le déguisement auquel vous m'invitez serait beaucoup plus divertissant pour vous que pour moi. Recevez donc mes excuses et, les choses en étant là, séparons-nous !

– Je regrette, monsieur Schlemihl, de vous voir refuser par entêtement une affaire que je vous proposais en ami ; peut-être une autre fois serai-je plus heureux. Au revoir, à bientôt ! A propos, permettez-

moi encore de vous montrer que je ne laisse pas se détériorer les choses que j'achète, mais que j'en prends sérieusement soin.

Il tira aussitôt de sa poche mon ombre, qu'il déroula d'un mouvement adroit sur la bruyère et étendit à ses pieds du côté du soleil ; puis il marcha entre les deux ombres qui le suivaient, la mienne et la sienne, car celle-ci devait également lui obéir et se prêter docilement à tous ses mouvements.

Quand, après une si longue séparation, revoyant ma pauvre ombre, je la trouvai abaissée à ce vil service, alors que son absence venait de me jeter dans une telle détresse, mon cœur se brisa, et je me mis à pleurer amèrement. Cependant, l'odieux inconnu faisait parade de sa conquête, et il me renouvela impudemment son offre.

– Vous pouvez encore la reprendre. Un triat de plume, et vous sauvez l'infortunée Mina des griffes du scélérat, pour la presser dans vos bras. Allons, un simple trait de plume !

Mes larmes redoublèrent, mais je me détournai, et je lui fis signe de s'éloigner.

Bendel qui, plein d'inquiétude, avait suivi mes traces jusqu'ici, arriva en cet instant. Ce brave garçon, me trouvant en larmes, et voyant mon ombre, qu'il ne pouvait méconnaître, au pouvoir du mystérieux homme gris, résolut aussitôt de me remettre en possession de mon bien, dût-il recourir à la force. Ne s'entendant pas à manier lui-même ce délicat objet, il s'adressa tout droit à l'inconnu et lui ordonna, sans plus de discours, de me restituer sur-le-champ ce qui m'appartenait. Celui-ci, pour toute réponse, tourna le dos au pauvre garçon et s'éloigna. Mais Bendel leva son gourdin d'épine et,

le suivant de près, lui réitéra expressément l'ordre de se dessaisir de mon ombre ; en même temps il lui fit sentir toute la vigueur de son bras. L'inconnu, comme s'il eût été accoutumé à un pareil traitement, baissa la tête, courba les épaules et, sans mot dire, continua à s'avancer d'un pas tranquille sur la lande, m'enlevant à la fois et mon ombre et mon fidèle serviteur. Longtemps encore j'entendis un écho sourd résonner à travers la solitude ; puis cet écho finit par se perdre dans le lointain. Je me trouvais, une fois de plus, seul avec mon malheur.

6

J'étais là sur la lande déserte, donnant un libre cours à mes larmes ; elles soulagèrent mon pauvre cœur du poids qui l'oppressait. Cependant je ne voyais à mon affreuse misère aucune limite, aucune issue, aucun but, et j'aspirais avidement, avec une sorte de fureur, le nouveau poison que l'inconnu avait versé dans mes blessures. Lorsque mon âme évoquait l'image de Mina et que la douce figure de la bien-aimée m'apparaissait pâle et éplorée, telle que je l'avais vue pour la dernière fois, dans mon ignominie, alors s'élevait effrontément entre elle et moi le fantôme moqueur de Rascal. Je cachais mon visage dans mes mains et courais à travers la solitude, mais l'effroyable vision ne me lâchait pas et me poursuivait sans relâche. Hors d'haleine, je tombais enfin sur le sol, que j'arrosais d'un nouveau torrent de larmes.

Et tout cela à cause d'une ombre ! d'une ombre, qu'un trait de plume m'aurait rendue ! Je réfléchissais à l'étrange proposition ainsi qu'à mon refus. Ma tête devenait un chaos : j'étais aussi incapable de me recueillir que de penser.

Le jour s'écoula. J'apaisai ma faim avec des fruits sauvages, ma soif au torrent de la montagne. La nuit vint : je me couchai sous un arbre. La fraîcheur du matin me réveilla d'un sommeil pénible, durant lequel je m'écoutais râler moi-même, comme dans l'agonie. Bendel devait avoir perdu ma trace, et j'étais heureux de le penser. Je ne voulais plus retourner parmi les hommes ; je m'enfuyais avec terreur devant eux, comme le gibier craintif de la montagne. Ainsi se passèrent trois jours d'angoisse.

Le matin du quatrième jour, je me trouvais dans une plaine sablonneuse éclairée par le soleil ; j'étais assis à ses rayons sur un quartier de roche, car j'aimais maintenant à jouir de son aspect, dont j'avais été privé si longtemps. Je nourrissais en silence mon cœur de son désespoir. Tout à coup un léger bruit me fit tressaillir. Prêt à m'enfuir, je jetai les yeux autour de moi. Je n'aperçus personne ; mais une ombre qui ressemblait assez à la mienne glissa devant moi sur le sable ; elle paraissait, allant ainsi seule, s'être égarée loin de son maître.

Cette vue éveilla en moi un violent désir : « Ombre, me dis-je, si tu cherches ton maître, je veux t'en servir. » Et je m'élançai pour m'emparer d'elle. Je pensais que si je réussissais à marcher dans sa trace, de façon qu'elle vînt à mes pieds, elle y resterait sans doute attachée et pourrait, avec le temps, s'accoutumer à moi.

L'ombre, au mouvement que je fis, prit la fuite, et je la poursuivis. La chasse que je lui donnai exigeait une vitesse et des forces que je puisai dans le seul espoir de sortir de ma terrible situation. Elle dirigea sa course vers un bois qui était encore éloigné, mais dans l'épaisseur duquel j'allais nécessaire-

ment la perdre. Je vis le péril ; l'effroi s'empara de mon cœur et, en enflammant mon désir, me donna des ailes. Je gagnais visiblement du terrain, je m'approchais de plus en plus d'elle, j'allais l'atteindre. Tout à coup elle s'arrêta et se retourna vers moi. Comme le lion sur sa proie, je m'élançai sur elle pour en prendre possession et je me heurtai inopinément et lourdement contre un obstacle résistant. Je reçus dans les flancs, assenés par un bras invisible, les coups les plus terribles que jamais peut-être un homme ait sentis.

L'épouvante me fit étendre convulsivement les bras et enlacer vigoureusement l'objet inaperçu qui se trouvait devant moi. Dans la vivacité de l'action, je tombai tout de mon long sur le sol ; alors un homme que je tenais embrassé, et qui était tombé sous moi à la renverse, m'apparut.

L'incident s'expliqua ainsi pour moi de la façon la plus naturelle. Cet homme avait dû laisser tomber le fameux nid d'oiseau qui rend invisible celui qui le porte, mais non pas son ombre. Je regardai autour de moi, et j'aperçus bientôt l'ombre du nid en question ; je m'élançai, et saisis la précieuse proie. Avec ce nid dans les mains, j'étais complètement invisible, puisque je n'avais pas d'ombre.

L'homme, se relevant vite, chercha aussitôt des yeux son heureux vainqueur ; mais il ne le découvrit pas dans la vaste plaine ensoleillée, ni lui ni son ombre, qui faisait surtout l'objet de sa préoccupation. Il n'avait pas, en effet, le loisir de remarquer que j'étais sans ombre, et cette idée n'avait pu lui venir. Lorsqu'il se fut assuré que toute trace du ravisseur était perdue, il se livra au plus violent désespoir et s'arracha les cheveux. Quant à moi, le trésor que je venais d'acquérir, en me donnant la possibilité de me mêler de nouveau parmi les hommes, m'en inspira aussi le désir. Je ne manquais pas de prétextes pour excuser à mes propres yeux mon vol coupable, ou plutôt je n'en voulais pas ; et, pour échapper à toute pensée de ce genre, je me hâtai de m'éloigner, sans m'occuper davantage du malheureux, dont la voix lamentable me poursuivit longtemps encore. C'est ainsi du moins que m'apparurent alors toutes les circonstances de cet événement.

Je brûlais du désir de me rendre au jardin de l'inspecteur et de vérifier par moi-même les rapports de l'odieux inconnu ; mais j'ignorais où j'étais. Je gravis, pour m'orienter, la colline la plus prochaine, et de son sommet je vis la petite ville et le jardin étendus à mes pieds. Mon cœur battit avec force, et des larmes bien différentes de celles que j'avais versées jusque-là inondèrent mes yeux. J'allais donc la revoir !... Je descendis par le sentier le plus direct : un désir inquiet accélérait mes pas. Je passai inaperçu auprès de quelques paysans qui venaient de la ville. Ils s'entretenaient de moi, de Rascal, du forestier. Je ne voulais pas les entendre, je marchai plus vite.

J'entrai dans le jardin, le cœur en proie à tous les frissons de l'attente. Je crus entendre un éclat de rire qui me fit tressaillir ; je jetai un regard rapide autour de moi, je ne découvris personne. Je m'avançai davantage ; il me sembla percevoir les pas d'un homme marchant à mon côté ; mais je ne vis rien ; mon oreille, sans doute, m'avait trompé. Il était encore de bonne heure : le jardin était vide. Personne dans le berceau du comte Pierre. Je parcourus ces allées bien connues, je m'avançai jusqu'auprès de la maison. Le même bruit me poursuivait, en devenant plus distinct. Je m'assis, le cœur oppressé, sur un banc placé au soleil, vis-à-vis de la porte. Il me sembla que l'invisible kobold s'asseyait auprès de moi avec un rire sardonique. La clef tourna dans la serrure, la porte s'ouvrit, et l'inspecteur sortit, des papiers à la main. Je sentis comme un brouillard me passer sur la tête, je regardai autour de moi... Horreur ! l'homme à l'habit gris était à mon côté, me regardant avec un sourire sata-

nique. Il avait étendu sur moi le bonnet enchanté qui le couvrait, et mon ombre reposait paisiblement à ses pieds à côté de la sienne. Il jouait négligemment avec le parchemin que je connaissais et, tandis que l'inspecteur, occupé avec ses papiers, se promenait en tous sens à l'ombre du berceau, il se pencha familièrement à mon oreille et me murmura ces paroles :

– Vous avez donc enfin accepté mon offre, puisque nous voilà, comme on dit, deux têtes dans le même bonnet ! C'est déjà bien, déjà bien. Mais rendez-moi mon nid d'oiseau ; vous n'en avez plus besoin, et vous êtes trop honnête homme pour vouloir vous l'approprier injustement. Laissez là les remerciements, d'ailleurs ; je vous assure que c'est de tout cœur que je vous l'ai prêté.

Il me reprit le nid des mains sans que je m'y opposasse, le mit dans sa poche, et partit d'un nouvel éclat de rire si bruyant que le forestier se retourna. Je restais là comme pétrifié.

– Avouez, poursuivit-il, que ce bonnet est bien plus commode encore que mon nid d'oiseau ; il couvre non seulement l'homme, mais aussi son ombre, et toutes les ombres qu'il lui prend fantaisie d'avoir. Voyez, aujourd'hui j'en amène deux nouvelles. *(Il recommença à rire.)* Sachez bien, Schlemihl, que l'on finit par faire malgré soi ce que d'abord on n'a pas voulu faire de bon gré... Je compte toujours que vous rachèterez cet objet-là et que vous reprendrez votre fiancée ; il en est temps encore. Quant à Rascal, nous le ferons pendre ; cela nous sera facile tant qu'il restera une corde. En outre, écoutez bien, je vous donnerai mon bonnet par-dessus le marché.

La mère survint et la conversation s'engagea.

– Que fait Mina ?

– Elle pleure.

– Sotte enfant ! puisqu'il n'y a rien à faire !...

– Sans doute... mais la donner si tôt à un autre !... Oh, cher mari, tu es bien cruel envers ton enfant !

– Non, mère, tu te trompes fort en cela. Quand, après avoir versé quelques larmes, qui ne sont que des larmes d'enfant, elle se trouvera la femme d'un homme très riche et considéré, elle s'éveillera consolée de sa douleur, comme d'un songe, et elle remerciera Dieu et nous autres, tu le verras.

– Je le souhaite !

– Elle possède aujourd'hui, sans doute, une très belle fortune ; mais après le bruit qu'a fait la malheureuse histoire avec cet aventurier, crois-tu qu'il soit facile de trouver sitôt pour elle un parti aussi convenable que M. Rascal ? Sais-tu à quel chiffre s'élève sa fortune ? M. Rascal vient d'acheter comptant pour six millions de terres, libres de toute hypothèque. J'ai eu les titres entre les mains. C'est lui qui jadis m'a enlevé les meilleures terres à l'enchère. En outre, il a en portefeuille pour environ trois millions et demi de billets sur Thomas John.

– Il a donc beaucoup volé ?

– Voilà une singulière façon de parler ! Il a sagement économisé, tandis que d'autres dissipaient.

– Un homme qui a porté la livrée !

– Sottise ! son ombre est irréprochable.

– Tu as raison, mais pourtant...

L'homme à l'habit gris me regardait en riant. La porte s'ouvrit ; Mina entra, appuyée sur le bras d'une femme de chambre ; des larmes coulaient en

silence sur ses belles joues pâlies. Elle s'assit sur un siège qu'on lui avait préparé sous les tilleuls, et son père se plaça à côté d'elle. Il lui prit tendrement la main et, tandis que les larmes de la jeune fille redoublaient, il lui dit d'une voix affectueuse :

– Tu es ma bonne, ma chère enfant ; tu seras raisonnable, tu ne voudras pas contrister ton vieux père, qui ne souhaite que ton bonheur. Je le conçois, tout cela t'a fortement secouée ; tu as échappé comme par miracle à un malheur imminent. Avant que nous eussions découvert l'imposture de ce misérable, tu l'aimais tendrement ; je le sais, Mina, et je ne t'en fais point de reproches. Je l'ai aimé, moi aussi, chère enfant, aussi longtemps que je l'ai pris pour un grand seigneur. Mais tu vois toi-même comme tout a changé. Quoi ! le moindre barbet a son ombre, et ma chère et unique enfant aurait épousé un homme... Non, tu ne penses plus du tout à lui ! Écoute, Mina : un homme qui ne craint pas le soleil, un honnête homme qui, à la vérité, n'est pas un prince, mais qui a dix millions de fortune (dix fois autant que tu en possèdes toi-même), un homme qui rendra ma chère enfant heureuse, demande ta main... Ne me réplique rien, ne résiste pas, sois ma fille bien-aimée, ma fille obéissante, laisse ton père veiller à tes intérêts, laisse-le sécher tes larmes. Promets-moi de donner ta main à M. Rascal. Dis, veux-tu me promettre cela ?

Elle répondit d'une voix éteinte :

– Je n'ai plus désormais aucune volonté, aucun désir sur la terre. Que mon père décide de mon sort !

En ce moment on annonça M. Rascal ; il se présenta d'un air hardi. Mina s'évanouit. Mon odieux

compagnon me lança un regard courroucé et me murmura rapidement ces mots :

– Et vous pourriez souffrir cela ? Qu'avez-vous donc dans les veines, en place de sang ?

D'un mouvement prompt il me fit une légère blessure à la main, et le sang coula :

– En vérité, poursuivit-il, c'est du sang, du sang rouge ! Alors, signez donc !

J'avais dans les mains le parchemin et la plume.

7

Je veux, mon cher Chamisso, me soumettre à ton jugement, sans chercher à le séduire. Longtemps, juge sévère de moi-même, j'ai nourri le ver rongeur dans mon âme. Ce moment critique de ma vie était sans cesse présent à mes yeux, et je ne pouvais l'envisager que d'un œil douteux, avec humilité et contrition. Mon ami, celui qu'un premier faux pas écarte du droit chemin se trouve bientôt égaré dans d'autres sentiers dont la pente l'entraîne de plus en plus ; c'est en vain, alors, qu'il voit briller au ciel l'étoile conductrice ; il n'a plus le choix, il lui faut bon gré mal gré continuer à descendre et s'immoler lui-même à Némésis. Après l'imprudence qui avait attiré sur ma tête la malédiction, coupable par amour, j'avais enveloppé dans ma destinée le sort d'un autre être. Que me restait-il à faire, alors que j'avais semé la ruine et qu'on invoquait mon aide, sinon de m'élancer en aveugle là où l'on m'appelait ? Il n'y avait pas un moment à perdre. Surtout ne va pas croire que le prix le plus haut m'eût paru excessif, et que j'eusse été plus avare d'un bien quelconque que de mon or. Non, Adalbert ; mais

mon âme débordait d'une haine invincible contre l'énigmatique et tortueux flagorneur. Peut-être lui faisais-je tort, mais tout contact avec lui me révoltait. Il arriva encore une fois ce qui si souvent déjà m'était arrivé dans ma vie, et ce qui arrive en général dans l'histoire des hommes : un événement subi à la place d'une action faite. Plus tard je me suis réconcilié avec moi-même. J'ai d'abord appris à révérer la Nécessité, et qu'est-ce qui lui appartient plus que l'action accomplie et l'événement advenu ? Ensuite j'ai appris à révérer cette même Nécessité comme une sage Providence qui dirige le vaste système dans lequel nous nous engrenons ainsi que des rouages qui reçoivent et donnent une impulsion ; il faut que ce qui doit être arrive. Ce qui devait être arriva, et non sans l'intervention de cette Providence que j'ai appris, enfin, à révérer dans ma destinée comme dans celle des êtres associés à la mienne.

Je ne sais si je dois en attribuer la cause à la tension excessive de mon âme, ou à l'épuisement de mes forces physiques, que les privations de ces derniers jours avaient affaiblies, ou enfin à la colère qu'excitait dans tout mon être le voisinage du monstre à l'habit gris ; mais au moment de signer, je tombai sans connaissance, et je demeurai longtemps comme dans les bras de la mort.

Quand je revins à moi, des trépignements et des imprécations furent les premiers sons qui frappèrent mon oreille. J'ouvris les yeux : il faisait obscur, mon odieux compagnon me prodiguait ses soins, tout en m'accablant de reproches.

– N'est-ce pas là se conduire comme une vieille femme ? Allons, qu'on se ranime, et qu'on exécute

ses résolutions ! Ou bien a-t-on changé d'avis et préfère-t-on pleurer ?

Je me relevai péniblement du sol où j'étais étendu, et je regardai en silence autour de moi. Il faisait tout à fait nuit. Dans la maison illuminée de l'inspecteur des forêts retentissait une musique de fête, des groupes de promeneurs parcouraient les allées du jardin. Deux d'entre eux s'approchèrent en conversant et prirent place sur le banc où je m'étais précédemment assis. Ils s'entretenaient du mariage de l'opulent M. Rascal, qui avait eu lieu le matin même, avec la fille de la maison. C'en était donc fait !

Je retirai de ma tête le bonnet enchanté de l'inconnu qui disparut aussitôt à mes regards et, m'enfonçant dans l'épaisseur des bosquets et en passant par le berceau du comte Pierre, je me hâtai de regagner la porte du jardin. Mais, invisible, mon bourreau s'attacha à mes pas, me poursuivant de paroles mordantes :

– Voilà donc le remerciement pour la peine qu'on a prise de soigner toute une sainte journée monsieur, qui a les nerfs faibles ! Et l'on doit être la dupe au jeu ! Fort bien, monsieur l'entêté ; vous avez beau me fuir, nous n'en sommes pas moins inséparables. Vous avez mon or et, moi, j'ai votre ombre ; cela nous enlève le repos à tous deux. A-t-on jamais entendu dire qu'une ombre ait quitté son maître ! La vôtre m'entraînera à votre suite, jusqu'à ce que vous daigniez la recevoir en grâce et m'en débarrasser. Ce que vous avez négligé de faire de bon cœur, vous le ferez, mais trop tard, par lassitude et par ennui ; on n'échappe pas à sa destinée.

Il continua sur le même ton. Je fuyais en vain ; il

s'attachait à moi, me parlant ironiquement, d'or et d'ombre ! Il m'était impossible de recueillir mes propres pensées.

Je m'étais dirigé vers ma demeure, à travers des rues désertes. Arrivé en face, j'eus peine à la reconnaître ; derrière les fenêtres brisées on n'apercevait aucune lumière. Les portes étaient fermées, pas un domestique ne bougeait à l'intérieur. Mon compagnon éclata de rire :

– Oui, oui, c'est comme cela. Mais vous retrouverez au logis votre Bendel ; on l'a prudemment, l'autre jour, renvoyé si fatigué à la maison qu'il l'aura sans doute dû bien garder.

Il se remit à rire.

– Il vous racontera des histoires ! Allons, bonne nuit pour aujourd'hui, et à bientôt !

J'avais sonné à plusieurs reprises : une lumière apparut. Bendel demanda qui était là. Quand l'excellent garçon reconnut ma voix, il eut peine à contenir ses transports joyeux. La porte s'ouvrit aussitôt, et nous tombâmes, en pleurant, dans les bras l'un de l'autre. Je le trouvai fort changé, faible et malade ; pour moi, mes cheveux étaient devenus tout gris.

Il me conduisit, à travers les chambres dévastées, dans une salle intérieure qu'on avait épargnée. Il alla chercher de quoi boire et manger, et, s'étant assis près de moi, il recommença à pleurer. Il me raconta que l'homme maigre à l'habit gris, qu'il avait rencontré avec mon ombre, l'avait entraîné à sa suite très longtemps et très loin, de sorte qu'il avait fini par perdre mes traces et par tomber de lassitude ; qu'ensuite il était retourné à la maison où bientôt la populace, ameutée par Rascal, avait

brisé mes fenêtres et assouvi sa rage de destruction. C'est ainsi qu'ils avaient traité leur bienfaiteur ! Mes gens s'étaient dispersés, la police de l'endroit m'avait banni comme suspect, en m'accordant un délai de vingt-quatre heures pour quitter le territoire.

A ce que je savais déjà de la fortune et du mariage de Rascal, il ajouta beaucoup de nouveaux détails. Ce coquin, l'auteur de tous les maux qui avaient fondu ici sur moi, devait avoir connu mon secret dès le principe et ne s'être attaché à moi que par attrait de l'or ; dès les premiers temps il s'était procuré une clef de l'armoire renfermant mes richesses, jetant ainsi les fondements d'une fortune qu'il pouvait aujourd'hui négliger d'augmenter.

Bendel me raconta tout cela en versant bien des larmes ; il en répandit de nouvelles, mais de joie, celles-ci, car il me revoyait et, après s'être longtemps demandé à quelles extrémités avait pu me porter le malheur, il était heureux de me retrouver calme et résigné. Tel était, en effet, le caractère qu'avait pris en moi le désespoir. Ma misère se dressait devant moi gigantesque et irrévocable, je n'avais plus de larmes à lui donner, aucun cri ne pouvait plus sortir de ma poitrine ; je lui offrais ma tête avec sang-froid et indifférence.

– Bendel, lui dis-je, tu connais mon sort. Ce n'est pas sans l'avoir mérité que je suis si gravement puni. Je ne veux pas que toi, qui es innocent, tu associes plus longtemps ta destinée à la mienne. Je vais partir dès cette nuit ; selle-moi un cheval. Je partirai seul, tu resteras, je l'exige. Il doit encore y avoir ici quelques caisses remplies d'or : garde-les. Pour moi, je vais errer seul dans le monde. Mais si

jamais je revois des jours plus sereins, si le bonheur me réconcilie avec l'existence, alors je me souviendrai fidèlement de toi, car, durant les heures pénibles de l'adversité, c'est sur ton sein que j'ai pleuré.

Le cœur brisé, le brave garçon dut obéir à ce dernier ordre de son maître ; je restai sourd à ses prières et à ses représentations, insensible à ses larmes. Il m'amena un cheval. Je serrai encore une fois sur ma poitrine Bendel qui pleurait, je m'élançai en selle et m'éloignai, dans les ténèbres de la nuit, du tombeau de mon bonheur. Je ne m'inquiétais pas de la route que suivrait mon cheval, car je n'avais plus sur la terre aucun but, aucun désir, aucune espérance !

8

Bientôt se joignit à moi un piéton qui, après avoir marché quelque temps à mon côté, me demanda la permission, puisque nous suivions la même route, de placer sur la croupe de mon cheval un manteau qu'il portait. Je le laissai faire sans lui répondre. Il me remercia d'un ton aimable de ce léger service, loua ma monture, prit de là occasion de célébrer le bonheur et la puissance des riches, et s'engagea, je ne sais comment, dans une sorte de monologue où je ne jouais que le rôle d'auditeur.

Il déroula ses idées sur la vie et le monde, puis aborda la métaphysique, dont la mission, suivant lui, était de trouver le mot de toutes les énigmes. Il posa le problème avec beaucoup de clarté, et commença à y répondre.

Tu sais, mon ami, qu'après avoir passé par l'école des philosophes, j'ai clairement reconnu que je n'étais nullement apte à leurs spéculations ; je me suis donc absolument interdit ce terrain. J'ai depuis laissé en repos bien des choses que j'ai renoncé à savoir et à comprendre et, me confiant en mon bon sens, j'ai, comme tu me le conseillais toi-même,

suivi autant que je l'ai pu la voix qui m'indiquait naturellement mon chemin. Cependant ce rhéteur me semblait bâtir avec un grand talent un système solide reposant sur lui-même et fondé en apparence sur sa propre nécessité. Mais je n'y trouvais pas ce que précisément j'y aurais voulu ; et dès lors ce n'était plus là pour moi qu'une simple œuvre d'art dont l'ensemble élégant et la perfection servent uniquement à récréer l'œil. J'écoutais toutefois avec plaisir l'éloquent sophiste qui m'avait fait oublier mes douleurs en captivant lui-même mon attention, et je me serais volontiers livré à lui, s'il avait su s'emparer de mon âme comme il s'était emparé de mon intelligence.

Le temps s'était écoulé, et déjà l'aurore éclairait le ciel. Je tressaillis lorsque, levant tout à coup les yeux je vis briller à l'orient les couleurs magnifiques qui annoncent l'apparition du soleil ; et à l'heure où l'ombre des corps s'épanouit dans toute son étendue, aucun abri, aucun rempart dans cette contrée découverte ! Et je n'étais pas seul ! Je jetai un coup d'œil sur mon compagnon, et de nouveau je tressaillis : c'était l'homme à l'habit gris !

Il sourit de ma consternation et poursuivit, sans me laisser parler :

– Souffrez qu'une fois, comme c'est l'usage dans le monde, notre intérêt commun nous unisse ; nous aurons toujours le temps de nous séparer. Cette route qui longe la montagne est la seule que vous puissiez raisonnablement prendre ; vous ne pouvez descendre dans la vallée, et vous voudrez moins encore repasser par la montagne. Cette route est aussi la mienne. Je vous vois pâlir à l'approche du soleil. Je vous prêterai votre ombre pour le temps

que nous passerons ensemble et, en échange, vous me tolérerez près de vous ; aussi bien n'avez-vous plus votre Bendel ; je vous rendrai de bons services. Vous ne m'aimez pas, je le regrette ; cela vous empêche-t-il de vous servir de moi ? Le diable n'est pas aussi noir qu'on le peint. Hier vous m'avez impatienté, cela est vrai ; aujourd'hui je ne vous en garde pas rancune, et vous m'avouerez que je vous ai déjà abrégé le chemin jusqu'ici. Allons, faites encore une fois l'essai de votre ombre.

Le soleil était levé, des gens s'avançaient vers nous sur la route ; j'acceptai la proposition, quoique avec une secrète répugnance. Il fit, en souriant, glisser à terre mon ombre qui alla aussitôt se poser sur celle de mon cheval, et se mit à trotter gaiement à mon côté.

J'éprouvais une émotion étrange. Je passai devant une troupe de paysans, qui firent respectueusement place, en se découvrant, à un homme de mon importance. Je continuai à m'avancer, et je regardais

obliquement, du haut de mon cheval, l'œil avide et le cœur battant, cette ombre qui autrefois avait été la mienne, et que maintenant j'avais empruntée à un étranger, bien plus, à un ennemi.

Pour lui, il me suivait d'un air insouciant, en sifflant un air. Il était à pied, moi à cheval. Le vertige me prit, la tentation était trop forte. Je tournai bride soudain, piquai des deux, et entrai au grand galop dans un chemin de traverse... Mais je n'entraînai pas mon ombre, elle avait glissé de mon cheval au moment où je lui faisais faire volte-face, et elle attendait sur la route son légitime possesseur. Plein de honte, je dus revenir sur mes pas. Lorsque l'homme à l'habit gris eut tranquillement achevé sa chanson, il se moqua de moi, rajusta mon ombre à sa place, et m'apprit qu'elle ne me resterait attachée que lorsqu'elle serait redevenue ma propriété.

– Je vous tiens fortement par l'ombre, continua-t-il, et vous ne m'échapperez pas. Un homme riche comme vous a besoin d'une ombre, il n'y a pas à dire, et vous n'avez qu'un tort, c'est de ne l'avoir pas reconnu plus tôt.

Je poursuivis mon voyage dans la même direction. Toutes les commodités de la vie et même la magnificence revinrent m'entourer. Possesseur d'une ombre, quoique d'emprunt, je pouvais me mouvoir librement et sans gêne, et j'inspirais partout le respect que commande la richesse ; mais j'avais la mort dans le cœur. Mon merveilleux compagnon, qui se donnait pour le serviteur indigne de l'homme du monde le plus opulent, était d'une complaisance extraordinaire, d'une adresse et d'une habileté sans bornes, le véritable idéal du valet de chambre d'un riche ; mais il ne me quittait

pas et ne cessait d'exercer sur moi son éloquence, me répétant sans cesse qu'il était sûr que je finirais par conclure le marché, ne fût-ce que pour me débarrasser de lui. Il m'était aussi insupportable qu'odieux, j'éprouvais en sa présence une crainte réelle. Je m'étais placé sous sa dépendance, il était maître de moi, depuis qu'il m'avait ramené sur la scène du monde que je fuyais. Il me fallait subir son éloquence épigrammatique, et je sentais qu'il avait raison. Un riche dans le monde doit avoir une ombre, et dès que je voulais maintenir la situation qu'il m'avait induit à reprendre, il n'y avait qu'une issue possible. Cependant j'étais bien résolu, maintenant que j'avais sacrifié mon amour et désenchanté ma vie, à ne pas engager mon âme à cette créature, même au prix de toutes les ombres du monde. Je ne savais pas comment cela finirait.

Un jour nous étions assis devant une grotte que les étrangers qui parcourent la montagne ont coutume de visiter. On y entend le mugissement de torrents souterrains résonner d'une profondeur insondable, et la pierre que l'on jette retentit longtemps, sans paraître atteindre de fond.

Mon compagnon me faisait, selon sa coutume, avec une imagination prodigue et la magie des plus vives couleurs, le tableau détaillé de tout ce que je pourrais accomplir dans ce monde au moyen de ma bourse, dès que j'aurais recouvré la propriété de mon ombre.

Les coudes appuyés sur mes genoux, le visage caché dans mes deux mains, j'écoutais le perfide, et mon cœur se sentait partagé entre sa tentative de séduction et la fermeté de ma volonté. Je ne pus

supporter plus longtemps cette lutte intérieure, et j'engageai le combat décisif.

– Vous paraissez oublier, monsieur, lui dis-je, que si je vous ai permis de rester mon compagnon, ce n'a été qu'à certaines conditions, et que je me suis réservé mon entière liberté.

– Ordonnez-le-moi, et je fais mon paquet, me répondit-il.

Cette menace lui était familière. Je gardai le silence ; il se mit aussitôt à enrouler mon ombre. Je pâlis, mais je le laissai faire sans dire mot. Après un long silence, il reprit le premier la parole :

– Vous ne pouvez pas me souffrir, monsieur ; vous me haïssez, je le sais, mais pourquoi me haïssez-vous ? Serait-ce pour m'avoir attaqué en voleur de grand chemin et avoir voulu m'enlever mon nid d'oiseau ? Ou est-ce pour avoir cherché à me ravir, comme un filou, ce qui m'appartient, cette ombre que vous supposiez confiée à votre seule probité ?

Quant à moi, je ne vous en veux pas pour cela ; je trouve tout naturel que vous cherchiez à user de tous vos avantages, ruse et violence. Que, d'ailleurs, vous pensiez avoir les principes les plus sévères et vous regardiez comme l'honnêteté même, c'est là une fantaisie contre laquelle je n'ai non plus rien à dire. Mes principes, à moi, ne sont pas aussi sévères que les vôtres, mais j'agis simplement comme, vous, vous pensez. Vous ai-je jamais fait assaillir par un de mes serviteurs pour recouvrer la bourse que je vous ai cédée ? Ai-je jamais tenté de m'enfuir avec elle ?

Je n'avais rien à répliquer ; il poursuivit :

– Très bien, monsieur, très bien ! Vous ne pouvez pas me souffrir, je le conçois aisément, et je ne vous en fais point de reproches. Il faut nous séparer, cela est clair, et vous aussi, du reste, vous commencez à m'ennuyer beaucoup. Or donc, pour vous soustraire définitivement à mon odieuse présence, je vous le conseille encore une fois : rachetez-moi l'objet.

– A ce prix ? lui dis-je en lui présentant la bourse.

– Non !

– Allons ! j'insiste, monsieur ; séparons-nous, ne me barrez pas plus longtemps le chemin sur cette terre qui, je pense, est assez large pour nous deux.

Il sourit et répondit :

– Je pars, monsieur, mais auparavant je veux vous apprendre à appeler votre très humble serviteur, si jamais vous le désiriez ; vous n'avez qu'à secouer votre bourse et à faire tinter les éternelles pièces d'or qu'elle renferme ; ce son m'amènera immédiatement. Chacun en ce monde pense à son

intérêt, et vous voyez que je ne néglige pas non plus le vôtre, puisque je vous dévoile un nouveau pouvoir. Oh ! cette bourse, quand bien même les mites auraient mangé votre ombre, cette bourse serait encore entre nous un lien solide. Bref, vous me tenez par mon or ; disposez, même de loin, de votre valet ; vous savez que je puis rendre plus d'un service à mes amis, et que les riches surtout sont sur un bon pied avec moi ; vous l'avez vu vous-même. Quant à votre ombre, monsieur, tenez-le-vous pour dit : vous ne la recouvrerez qu'à une seule condition.

Des figures du passé surgirent devant moi. Je lui demandai vivement :

– Aviez-vous une signature de M. John ?

Il sourit :

– Avec un si bon ami je n'en ai jamais eu besoin.

– Où est-il ? Au nom du ciel, je veux le savoir !

Il enfonça lentement la main dans sa poche, d'où il tira par les cheveux l'image pâle et défigurée de Thomas John, et les lèvres bleuies du cadavre s'ouvrirent péniblement pour proférer ces mots terribles : *« Justo judicio Dei judicatus sum ; justo judicio Dei condemnatus sum. »* (Par le jugement juste de Dieu j'ai été jugé, par le jugement juste de Dieu j'ai été condamné.)

Saisi d'épouvante, je jetai précipitamment la bourse dans l'abîme, en adressant à l'homme gris ces dernières paroles :

– Je t'adjure au nom de Dieu, éloigne-toi d'ici, être maudit, et ne reparais plus jamais devant mes yeux !

Il se leva d'un air sinistre et disparut aussitôt derrière les rochers qui formaient l'enceinte de ce lieu sauvage.

9

Je me trouvais donc sans ombre et sans argent ; mais ma poitrine était soulagée d'un poids énorme : j'étais content. Si je n'avais pas perdu ma bien-aimée ou si en la perdant je m'étais senti exempt de reproches, je crois que j'aurais pu être heureux. Cependant je ne savais quel parti prendre. Je fouillai dans mes poches et y trouvai encore quelques pièces d'or ; je les comptai et me mis à rire. J'avais laissé mon cheval dans l'auberge au pied de la montagne ; je n'osais y retourner ; il me fallait au moins attendre le coucher du soleil, et celui-ci était encore assez haut à l'horizon. Je m'étendis à l'ombre des arbres les plus proches, et je m'endormis paisiblement.

De riantes images s'enlacèrent autour de moi en une danse joyeuse, et j'eus un rêve délicieux. Mina, couronnée de fleurs, passa devant moi en me souriant d'un air amical. L'honnête Bendel, le front également ceint de fleurs, m'envoya aussi un affectueux salut. J'en vis beaucoup d'autres encore, et toi-même, je crois, Chamisso, bien loin dans la foule. Une vive lumière brillait, mais aucun n'avait

d'ombre ; et ce qu'il y a de plus étrange, c'est que cela n'avait rien de choquant. Ce n'étaient, sous les bosquets de palmiers, que fleurs et chansons,

amour et joie... Je ne pouvais ni retenir ni même distinguer ces aimables formes fugitives presque aussitôt évanouies ; mais ce rêve me rendait heureux, et je craignais de le voir finir. Déjà réveillé, en effet, je tenais encore les yeux clos, afin d'arrêter plus longtemps devant mon esprit ces apparitions rapides.

J'ouvris enfin les yeux. Le soleil brillait toujours, mais à l'orient ; j'avais dormi toute la nuit. J'en conclus que je ne devais plus retourner à mon auberge. Je fis sans regret le sacrifice de ce que j'y avais encore, et je résolus de suivre à pied un sentier qui conduisait au bas de la montagne. Je laissai à la destinée le soin d'accomplir ses desseins sur moi. Je ne reportai pas mes regards en arrière, je ne songeai même pas à recourir à Bendel, que j'avais laissé riche.

Je m'examinai en vue du nouveau rôle que j'allais avoir à jouer. Mon habillement était fort modeste ; j'étais vêtu d'un vieil habit à brandebourgs noirs que j'avais déjà porté à Berlin et qui, je ne sais comment, m'était tombé sous la main pour ce voyage. J'avais sur la tête un bonnet de route, et aux pieds une paire de vieilles bottes. Je me levai, et après avoir coupé, comme souvenir, un bâton noueux, je me mis en marche.

Dans la forêt je rencontrai un vieux paysan qui me salua d'un air affable ; j'engageai la conversation avec lui. Je m'informai, en voyageur curieux, d'abord du chemin, puis de la contrée et de ses habitants, des productions de la montagne, etc. Il répondit intelligemment et avec détails à mes questions. Nous arrivâmes au lit d'un torrent qui avait ravagé une vaste étendue de la forêt. A la vue de cet

espace éclairé par le soleil, je frissonnai intérieurement ; je laissai le paysan passer devant moi. Mais au milieu de l'endroit dangereux il se retourna pour me raconter l'histoire de cette dévastation. Il remarqua bientôt ce qui me manquait, et s'interrompant dans sa narration :

– Comment donc cela se fait-il ? Monsieur n'a point d'ombre !

– Hélas ! hélas ! répondis-je en soupirant, je l'ai perdue, ainsi que mes cheveux et mes ongles, pendant une longue et grave maladie. Voyez, père, à mon âge, les cheveux qui m'ont repoussé sont tout blancs, mes ongles très courts, et pour mon ombre, elle ne veut pas encore revenir.

– Eh ! eh ! répliqua le vieux en secouant la tête, point d'ombre, cela ne vaut rien ! c'est une bien mauvaise maladie que monsieur a eue là !

Il ne continua pas son récit et me quitta sans mot dire au premier chemin de traverse qui se présenta.

Des larmes amères ruisselèrent sur mes joues, et c'en fut fait de ma gaieté.

Je poursuivis tristement ma route et ne recherchai plus la moindre société. Je me tenais au plus épais du bois, et je devais souvent, lorsque j'avais à traverser un endroit où brillait le soleil, attendre des heures entières qu'aucun œil humain ne mît obstacle à mon passage. Je tâchais de trouver un gîte le soir dans les villages. Je me dirigeais vers des mines situées dans la montagne, où j'espérais pouvoir m'employer ; car non seulement ma situation présente me faisait une obligation de songer à ma subsistance, mais j'avais reconnu qu'un travail acharné était l'unique remède aux pensées qui me dévoraient.

Quelques journées de marche par un temps pluvieux me firent avancer rapidement, mais aux dépens de mes bottes, qui avaient été destinées au comte Pierre, et non au piéton. J'allais déjà nu-pieds ; il me fallait renouveler ma chaussure. Le lendemain matin je m'occupai sérieusement de cette affaire dans un bourg où il y avait foire ; je m'arrêtai devant une boutique où l'on vendait des bottes tant vieilles que neuves. Je fus longtemps à choisir et à marchander. Une paire de bottes neuves m'aurait bien convenu, mais je dus y renoncer, tant le prix en était exagéré. Je me contentai donc d'une paire déjà portée, mais encore bonne et forte. Le

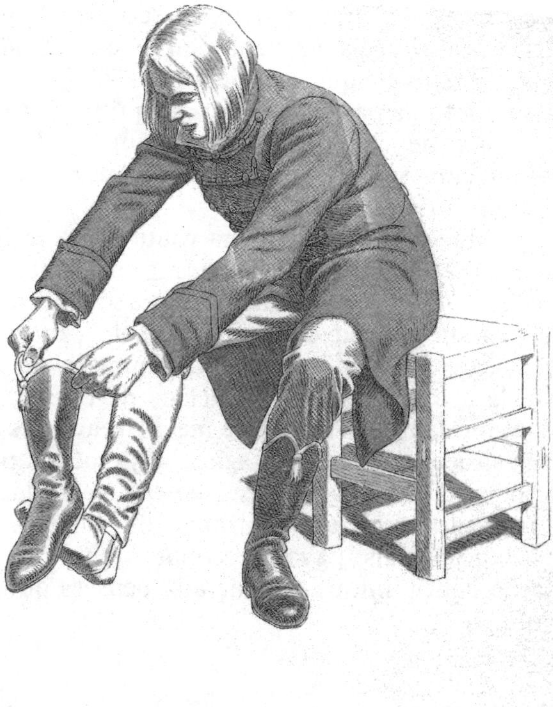

beau garçon à cheveux blonds qui tenait la boutique me les remit en échange de mon argent, et avec un gracieux sourire il me souhaita bon voyage. Je les passai aussitôt à mes pieds et je sortis du bourg par la porte du Nord.

Absorbé dans mes réflexions, je voyais à peine où je marchais ; je pensais aux mines où j'espérais arriver le soir même, et à la façon de m'y présenter.

J'avais à peine fait deux cents pas, quand je m'aperçus que j'avais perdu ma route. Je jetai les yeux autour de moi, je me trouvais dans une antique et sauvage forêt de sapins que la cognée semblait n'avoir jamais approché. Je pénétrai un peu plus avant ; je me vis au milieu de rochers stériles couverts seulement de mousse et de saxifrages, auxquels se mêlaient des champs de neige et de glace. L'air était très froid. Je regardai derrière moi ; la forêt avait disparu. Je fis encore quelques pas ; le silence de la mort m'environnait. Le champ de glace s'étendait à perte de vue, un brouillard épais y planait lourdement. Le soleil apparaissait sanglant au bord de l'horizon. Le froid était intolérable. Je ne comprenais rien à ce qui m'arrivait. La gelée qui engourdissait mes membres me força à hâter le pas. J'entendais seulement le mugissement lointain des flots. Un pas de plus, et je fus aux bords glacés d'un océan. A mon aspect, d'innombrables troupeaux de phoques se précipitèrent tumultueusement dans les eaux. Je suivis le rivage : je revis des rochers nus, des plaines, des forêts de bouleaux et de sapins. Je courus encore pendant quelques minutes droit devant moi : la chaleur était étouffante. Je regardai autour de moi : j'étais au milieu de beaux champs de riz et de mûriers. Je m'abritai sous leur ombrage

et je tirai ma montre : il n'y avait pas un quart d'heure que j'avais quitté le bourg et sa foire. Je croyais rêver ; pour m'éveiller, je me mordis la langue ; mais j'étais bien réellement éveillé. Je fermai les yeux afin de rassembler mes idées. D'étranges syllabes prononcées d'un ton nasillard frappèrent mon oreille. Je levai les yeux : deux Chinois, bien reconnaissables à la coupe asiatique de leur figure, si leur costume n'avait déjà suffi pour m'instruire, m'adressaient dans leur langue les salutations usitées chez eux. Je reculai de deux pas : je ne les vis plus. Le paysage était complètement changé : des arbres et des bois avaient remplacé les rizières. J'examinai ces arbres et les plantes en fleurs : j'y reconnus des productions du sud-est de l'Asie. Je voulus m'approcher d'un de ces arbres : un pas, et de nouveau tout changea. Alors je me mis à marcher comme une recrue que l'on exerce, lentement et à pas comptés. Terres, plaines, prairies, montagnes, steppes, déserts de sable se déroulaient successivement, avec une rapidité merveilleuse, à mes regards étonnés. Nul doute : j'avais aux pieds des bottes de sept lieues.

10

Un sentiment muet de piété me fit tomber à genoux, et je versai des larmes de reconnaissance. Mon avenir se révélait clairement à moi. Banni pour une première faute de la société des hommes, j'allais, en compensation, me réfugier dans le sein de la nature que j'ai toujours aimée ; la terre s'ouvrait devant moi comme un riche jardin, l'étude allait devenir la force directrice de ma vie, et la science le but de celle-ci.

Ce n'était pas là un parti que je prenais. Je n'ai fait depuis lors que travailler avec une ardeur calme et continue à réaliser fidèlement l'idéal qui s'offrait à mon esprit, et le degré auquel je m'en suis approché a été la mesure constante de ma propre satisfaction.

Je bondis impétueusement, impatient que j'étais d'entrer en possession, par un rapide coup d'œil, du champ où désormais je voulais moissonner. J'étais debout sur les hauteurs du Tibet, et le soleil, que j'avais vu se lever peu d'heures auparavant, s'inclinait ici déjà vers son couchant. Je le rejoignis dans sa course, en traversant l'Asie d'orient en occident,

et j'entrai en Afrique ; à diverses reprises je la parcourus curieusement dans tous les sens. Je contemplais en Égypte les pyramides et les temples antiques, lorsque j'aperçus dans le désert, non loin de Thèbes aux cent portes, les grottes qu'habitaient autrefois les ermites chrétiens ; soudain cette pensée surgit en moi : « Ici sera ma demeure ! » Je choisis pour ma future habitation l'une des cavernes les plus retirées, à la fois spacieuse, commode et inaccessible aux chacals ; puis je poursuivis ma course.

J'entrai en Europe par les colonnes d'Hercule. Après avoir inspecté ses provinces du sud et du nord, je passai de l'Asie septentrionale, par les glaces polaires, dans le Groenland et en Amérique. Je parcourus les deux parties de ce continent, et l'hiver, qui déjà régnait au sud, me chassa promptement du cap Horn vers le nord.

Je m'arrêtai, attendant qu'il fît jour, dans l'Asie orientale ; après m'être un peu reposé, je repris ma course. Je suivis, à travers les deux Amériques, la chaîne de montagnes la plus élevée de notre globe. Je marchais lentement et avec précaution de sommet en sommet, tantôt sur des volcans enflammés, tantôt sur des pics couverts de neige, ayant souvent peine à respirer. J'atteignis le mont Élie, et, pardessus le détroit de Béring, je sautai en Asie. J'en suivis les côtes orientales dans toutes leurs sinuosités, examinant avec une attention particulière celles des îles voisines qui pourraient m'être accessibles.

De la presqu'île de Malacca, mes bottes me portèrent sur Sumatra, Java, Bali et Lamboc. J'essayai, souvent non sans danger, mais toujours en vain, de me frayer, au travers des petites îles et des rochers dont cette mer est remplie, un passage au nord-

ouest vers Bornéo et les autres îles de cet archipel. Il me fallut renoncer à cet espoir. Enfin je m'assis sur la pointe la plus élevée de Lamboc et, le visage tourné vers le sud et l'est, je me mis à pleurer, comme devant la grille solidement fermée de ma prison, de ce que j'avais si tôt rencontré une limite infranchissable. La Nouvelle-Hollande, ce curieux pays si nécessaire à l'intelligence de la terre et de son vêtement tissé par le soleil, la Nouvelle-Hollande m'était fermée, ainsi que la mer du Sud avec ses îles de zoophytes, et je voyais dès l'origine toutes mes collections et mes travaux condamnés à rester de simples fragments. Ô mon cher Adalbert, qu'est-ce donc que les efforts des hommes !

Souvent, durant le plus rigoureux hiver de l'Amérique du Sud, je me suis élancé du cap Horn, cherchant à parcourir, par le glacier polaire, les deux cents pas peut-être qui me séparaient de la Terre de Van Diemen et de la Nouvelle-Hollande, même sans m'inquiéter du retour, et dût cet affreux pays se refermer sur moi comme la pierre de mon tombeau ; je me suis risqué dans ce but, avec une audace téméraire, sur des glaces flottantes ; j'ai bravé le froid et les flots. Ç'a été en vain : je n'ai pas encore vu la Nouvelle-Hollande. Alors je revenais chaque fois à Lamboc et, assis sur sa pointe la plus élevée, le visage tourné vers le sud et l'est, je recommençais à pleurer, comme devant la grille solidement fermée de ma prison.

Enfin je m'arrachai de ce lieu et, le cœur plein de tristesse, je rentrai dans l'intérieur de l'Asie. J'en parcourus les parties que je ne connaissais pas encore, en poursuivant l'aube vers l'ouest, et j'arri-

vai cette même nuit en Thébaïde, dans la demeure que je m'étais choisie la veille.

Dès que je me fus un peu reposé et que le jour éclaira l'Europe, mon premier soin fut de me procurer ce qui m'était nécessaire. Avant tout je songeai au moyen d'enrayer mes bottes ; j'avais éprouvé, en effet, combien il était incommode de devoir les ôter chaque fois que je voulais raccourcir le pas ou examiner à loisir les objets proches. Une paire de pantoufles mises par-dessus eut tout l'effet que je m'en étais promis. Plus tard même j'en portai toujours deux paires avec moi, parce qu'il m'arrivait assez souvent d'en jeter une de mes pieds, sans avoir le temps de la ramasser, quand des lions, des hommes ou des hyènes venaient m'effrayer au milieu de mes recherches de botanique. Ma montre était pour la courte durée de mes courses un excellent chronomètre. Il me fallait encore un sextant, quelques instruments de physique et quelques livres.

Je fis, pour me les procurer, quelques tournées anxieuses à Londres et à Paris, qu'un brouillard favorable voila heureusement. Quand le reste de mon or magique fut épuisé, j'apportai en paiement de l'ivoire d'Afrique, facile à trouver ; il est vrai que je devais choisir les plus petites dents d'éléphants, celles dont le poids n'excédait pas mes forces. Je fus bientôt pourvu de tout, et je commençai, en savant amateur, mon nouveau genre de vie.

Je parcourus dans tous les sens la terre, mesurant tantôt ses hauteurs, tantôt la température de ses sources et celle de l'air ; ici j'observais les animaux, là j'examinais les plantes. Je courais de l'équateur au pôle, d'un continent à l'autre, comparant les expériences aux expériences. Les œufs des

autruches de l'Afrique et ceux des oiseaux des mers du nord formaient, avec les fruits des palmiers et les bananes des tropiques, ma nourriture accoutumée.

Pour remplacer le bonheur qui me manquait, j'avais le tabac ; au lieu de l'amitié des hommes, l'amour d'un barbet qui gardait ma grotte dans la Thébaïde. Lorsque j'y revenais, chargé de nouveaux trésors, ses bonds joyeux et ses caresses me faisaient sentir que je n'étais pas seul sur la terre.

Une aventure devait encore me ramener parmi les hommes.

11

Un jour que, dans une contrée du nord, mes bottes enrayées, je cueillais des lichens et des algues, un ours blanc, au détour d'un rocher, se présenta inopinément à moi. Je voulus jeter mes pantoufles, gagner une île située en face, qu'un rocher nu séparait de moi. Je posai un pied ferme sur le récif – et je tombai de l'autre côté dans la mer. Je n'avais pas remarqué qu'une de mes pantoufles était restée attachée à l'autre pied.

Le grand froid me saisit ; j'eus peine à me tirer de ce danger. Dès que j'eus regagné la terre, je courus au plus vite vers les déserts de Libye, pour me sécher au soleil. Mais ses rayons tombèrent si lourdement sur ma tête, que, tout malade, je me rejetai en chancelant vers le nord. J'essayai, par un exercice violent, de me procurer du soulagement, et je courus, d'un pas rapide quoique incertain, de l'ouest à l'est, de l'est à l'ouest. Je me trouvais tantôt dans la clarté, tantôt dans les ténèbres ; tantôt en hiver, tantôt en été.

J'ignore combien de temps dura cette course furibonde. Une fièvre ardente embrasait mes veines. Je

sentis avec angoisse que la raison m'abandonnait. Le malheur voulut encore que dans cette marche désordonnée je marchasse sur le pied de quelqu'un, à qui sans doute je fis mal. Je reçus un coup violent et tombai sur le sol.

Quand je revins à moi, j'étais couché mollement dans un bon lit, au milieu de beaucoup d'autres, dans une belle et vaste salle. Quelqu'un était à mon chevet ; des personnes allaient dans la salle d'un lit à l'autre. Elles vinrent au mien et s'entretinrent de moi. Elles me nommaient « Numéro douze », bien qu'à mes pieds, contre le mur, sur une table de marbre noir, fût écrit bien distinctement en grosses lettres d'or le nom suivant :

PETER SCHLEMIHL

Ce n'était pas une illusion, je lisais ce nom nettement. Au-dessus étaient encore deux lignes d'écriture ; mais, celles-ci, j'étais trop faible pour les déchiffrer. Je refermai les yeux.

J'entendis lire à haute et intelligible voix quelque chose où il était question de Peter Schlemihl ; mais je ne pus en saisir le sens. Je vis s'approcher de mon lit un homme à l'air affable et une très belle femme vêtue de noir. Leurs physionomies ne m'étaient pas étrangères, et cependant je ne parvenais pas à les reconnaître.

Quelque temps s'écoula ; je repris des forces. Je m'appelais « Numéro douze », et « Numéro douze » passait pour un juif, à cause de sa longue barbe ; mais il n'en était pas moins bien soigné pour cela. On ne paraissait pas avoir remarqué qu'il n'eût pas d'ombre. On m'assura que mes bottes et

tous les objets trouvés sur moi à mon entrée dans la maison avaient été mis en bonne et sûre garde, pour m'être restitués après ma guérison. Le lieu où je gisais, malade, s'appelait SCHLEMIHLIUM. Ce que j'entendais réciter chaque jour était une exhortation à prier pour Peter Schlemihl, fondateur et bienfaiteur de l'établissement. L'homme à l'air affable que j'avais vu près de mon lit était Bendel ; la belle femme était Mina.

Je guéris dans le SCHLEMIHLIUM, sans être reconnu, et j'appris bien autre chose encore. J'étais dans la ville natale de Bendel. Il y avait fondé sous mon nom, avec le reste de cet or qui ne m'avait pas porté bonheur, cet hospice où des malheureux me bénissaient, et qu'il dirigeait lui-même. Mina était veuve ; un malheureux procès criminel avait coûté la vie à M. Rascal, et à elle-même la plus grande partie de sa fortune. Ses parents n'existaient plus. Elle vivait ici en veuve craignant Dieu, dans la pratique des œuvres charitables.

Elle s'entretenait un jour avec Bendel auprès du lit du « Numéro douze ».

– Pourquoi donc, madame, venez-vous si souvent vous exposer à l'air dangereux qui règne ici ? Le sort vous est-il donc si dur, que vous désiriez mourir ?

– Non, cher Bendel, depuis la fin de mon long rêve, depuis que je me suis éveillée de mon sommeil intérieur, je me trouve bien, et je ne souhaite ni ne crains plus la mort ; je pense avec sérénité au passé et à l'avenir. Et vous, n'est-ce pas aussi avec une secrète satisfaction que vous témoignez semblable fidélité à votre maître et ami ?

– Oui, madame, grâce à Dieu ! Notre destinée a

été vraiment bien étrange ; nous avons inconsidérément puisé dans la coupe pleine beaucoup de joies et d'amères douleurs ; aujourd'hui la coupe est vide. On pourrait croire maintenant que tout cela n'a été qu'une répétition d'essai, et qu'après cette utile épreuve, nous n'avons plus qu'à attendre la pièce proprement dite. Mais cette pièce est bien différente, et l'on ne regrette pas l'illusion première ; on est content, en somme, d'avoir vécu comme on l'a fait. Je suis persuadé, pour ma part, que notre vieil ami aussi se trouve mieux aujourd'hui qu'autrefois.

– Je suis de votre avis, répondit la belle veuve ; et tous deux passèrent devant moi et s'éloignèrent.

Cette conversation m'avait profondément impressionné. Je me demandais si je me ferais connaître ou si je partirais sans avoir révélé mon nom. Enfin je me décidai. Me faisant donner papier et crayon, j'écrivis ces mots :

« Oui, votre vieil ami aussi se trouve mieux aujourd'hui qu'autrefois ; et s'il expie, c'est une expiation salutaire. »

Ensuite, me sentant plus fort, je demandai à m'habiller. On alla chercher la clef d'une petite armoire qui était près de mon lit. Elle renfermait tout ce qui m'appartenait. Je me revêtis de mes vêtements, suspendis au-dessus de ma *kurtka* ma boîte de botanique, où je retrouvai avec joie mes lichens du nord. Je mis mes bottes, je déposai le billet sur mon lit, et, quand la porte s'ouvrit, j'étais déjà loin du SCHLEMIHLIUM... sur la route de la Thébaïde.

Comme je suivais, le long des côtes de la Syrie, la route par laquelle je m'étais, la dernière fois, éloi-

gné de ma demeure, je vis mon chien, mon brave Figaro, venir à ma rencontre. L'excellent barbet semblait avoir suivi la trace de son maître, qu'il avait longtemps attendu en vain. Je m'arrêtai et l'appelai. Il bondit vers moi en aboyant et en me donnant mille témoignages de joie. Je le pris sous mon bras, car certainement il ne pouvait me suivre, et je le reconduisis dans ma demeure.

Tout y était dans le même ordre. A mesure que je recouvrais mes forces, je revins peu à peu à mes occupations accoutumées et à mon ancien genre de vie. Seulement, j'évitai toute une année le froid polaire, que je ne pouvais absolument pas supporter.

Et c'est ainsi, mon cher Chamisso, que je continue à vivre. Mes bottes ne s'usent point, comme me l'avait fait craindre d'abord le très docte ouvrage du célèbre Tieckius : *De rebus gestis Pollicilli.* Elles ne perdent rien de leur vertu. Ma force, seule, s'en va. Mais j'ai la consolation de l'avoir employée, non sans profit, à poursuivre un but invariable. Partout où mes bottes m'ont porté, j'ai étudié, plus à fond qu'aucun homme avant moi, la Terre, sa forme, ses hauteurs, sa température, les variations de son atmosphère, les phénomènes de sa force magnétique et ceux de sa vie, particulièrement dans le règne végétal. J'ai exposé dans divers ouvrages, le plus exactement possible, les faits avec ordre, et j'ai noté en passant, dans plusieurs traités, mes conjectures et mes vues. J'ai fixé la géographie de l'intérieur de l'Afrique et celle des régions du pôle Nord ; celle de l'intérieur de l'Asie et de ses côtes orientales. Mon *Histoire des plantes des deux mondes* est là comme un grand fragment de la flore universelle

et comme un chaînon de mon système de la nature. Je crois ainsi non seulement avoir augmenté d'un tiers au moins le nombre des espèces connues, mais encore avoir apporté ma contribution au système de la nature et à la géographie des plantes. Je travaille assidûment, à cette heure, à ma faune. Je prendrai soin qu'avant ma mort mes manuscrits soient remis à l'Université de Berlin.

Et toi, mon cher Chamisso, je t'ai choisi pour dépositaire de ma merveilleuse histoire, afin que, lorsque j'aurai disparu de la terre, elle puisse peut-être servir d'utile leçon à certains de ses habitants. Quant à toi, mon ami, veux-tu vivre parmi les hommes ? Apprends alors à révérer d'abord l'ombre, puis l'argent. – Veux-tu vivre pour toi et pour ce qu'il y a de meilleur en toi ? Oh ! alors, tu n'as pas besoin de conseil.

Note de la page 29 :
L'*herbe de Glaucus* permet d'ouvrir toutes les portes, même les mieux verrouillées. La *mandragore,* elle, est infaillible pour découvrir les trésors les mieux cachés. Les *cinq sous du Juif errant* sont des pièces de cuivre qui produisent des pièces d'or quand on les retourne. L'*écu voleur* est une pièce qui revient toujours dans la poche de celui qui la possède en emportant avec elle toutes les autres pièces qu'elle a touchées. La *nappe du page Roland* se couvre magiquement de toutes les victuailles que l'on désire. Le *gnome domestique* est un diable dans une bouteille que l'on achète à un certain prix. Il réalise tous les souhaits de son propriétaire, mais il faut obligatoirement le revendre à un prix moins cher que celui de l'achat. Et celui qui ne parviendra pas à le revendre devra abandonner son âme au diable... Enfin, le *chapeau de Fortunatus* permet, quand on le coiffe, de se transporter immédiatement à l'endroit où l'on désire se rendre.

ÊTES-VOUS CUPIDE ?

Seriez-vous disposé, tel Peter Schlemihl, à céder votre ombre pour une montagne d'or? Autrement dit, êtes-vous cupide et, si oui, jusqu'à quel point?
Pour le savoir, répondez le plus spontanément possible aux questions ci-dessous. Notez vos réponses, puis reportez-vous à la page 155 pour calculer votre résultat.

1. *Voici trois banques imaginaires. Laquelle choisiriez-vous pour placer vos économies?*
A. La Banque Mondiale pour le Développement du Commerce et de l'Industrie
B. La Banque Régionale d'Escompte et de Crédit
C. La Banque Familiale de Gestion

---

2. *Qu'évoque pour vous le mot « écu »?*
A. Une monnaie européenne
B. Un bouclier dont se servaient les chevaliers au Moyen Age
C. D'anciennes pièces d'or

---

3. *De ces trois ennuis, lequel vous semble le moins grave?*
A. Avoir un découvert à la banque
B. Perdre l'argent qu'un ami vous avait prêté
C. Vous faire voler tout votre argent de poche

---

4. *De ces trois personnages de bande dessinée, lequel vous paraît le plus ridicule?*
A. Oncle Picsou
B. De Mesmaeker
C. Tournesol

---

5. *Vous avez décidé d'acheter une chaîne hi-fi, mais le modèle que vous avez choisi coûte un peu plus cher que la somme dont vous disposez. Comment allez-vous faire pour trouver l'argent qui vous manque?*
A. Vendre un objet que vous possédez
B. Emprunter de l'argent
C. Discuter avec le marchand pour essayer d'obtenir une remise

---

6. *Quelqu'un vous doit une importante somme d'argent. Sous quelle forme aimeriez-vous la recevoir?*
A. Par virement bancaire
B. En argent liquide
C. En actions cotées en bourse

7. *Les trois personnes suivantes vous invitent à dîner le même jour. Avec laquelle choisiriez-vous de passer la soirée ?*
A. Un chanteur célèbre en tournée dans votre ville
B. Le champion du monde de formule 1
C. Le dessinateur de votre bande dessinée favorite

8. *Imaginez qu'un Génie sorti d'une bouteille se propose de vous offrir une fortune sous l'une des formes suivantes. Laquelle choisiriez-vous ?*
A. Une entreprise prospère dont vous deviendriez aussitôt le principal actionnaire
B. Des tableaux de Van Gogh
C. Une île enchantée sous des cieux paradisiaques

9. *Si le même Génie vous offrait cette fois l'un des trois objets magiques suivants, lequel choisiriez-vous ?*
A. Un talisman qui vous protégerait à tout jamais contre les ennuis d'argent
B. Une carte de crédit qui vous permettrait de tout acheter sans avoir jamais rien à payer
C. La bourse de Fortunatus

10. *Laquelle des trois phrases suivantes aimeriez-vous que l'on grave sur votre tombe, en guise d'épitaphe ?*
A. Sa richesse intérieure a enrichi ses amis
B. Sa richesse était celle des âmes généreuses
C. Ses richesses ont ébloui le monde d'un éclat qui ne s'éteindra pas

Solutions page 155

1
AU FIL DU TEXTE

Avez-vous bien lu Peter Schlemihl ?

Pour le savoir, répondez aux questions qui vous sont posées ci-dessous, sans vous reporter au texte, bien entendu. Vérifiez ensuite vos réponses à la page 156. Vous saurez alors si vous avez suivi Peter Schlemihl mieux que son ombre...

1. *Qui a écrit la lettre de recommandation que Peter Schlemihl remet à M. John ?*
A. Un ami de M. John
B. Un lointain cousin
C. Son frère

2. *L'homme en gris tire successivement de sa poche :*
A. Du taffetas anglais, une paire de jumelles, un tapis, des chevaux, une tente
B. Un portefeuille, une longue-vue, un tapis, une tente, des chevaux
C. Du taffetas anglais, une loupe, une tente, un tapis, des chevaux

3. *De quelle manière réagit Peter Schlemihl au moment où l'homme en gris lui propose d'échanger son ombre contre la bourse magique ?*
A. Il hésite longuement avant de conclure le marché
B. Il accepte aussitôt à la vue des pièces d'or
C. Il accepte parce que l'homme en gris le menace de « mille malédictions » s'il refuse

4. *Lorsqu'il arrive dans son nouvel hôtel après avoir quitté sa mansarde, que fait Peter Schlemihl ?*
A. Il tire des monceaux d'or de sa bourse et se roule dessus
B. Il pleure longuement, regrettant amèrement d'avoir conclu ce marché de dupes avec l'homme en gris
C. Il se fait servir un somptueux repas composé des mets les plus raffinés

5. *Au cours de sa première nuit d'homme riche et sans ombre, Peter Schlemihl fait un rêve. Lequel ?*
A. Il se voit mort, devant sa table de travail
B. Il se voit mort au milieu d'un palais, entouré de serviteurs
C. Il voit Chamisso, l'auteur du livre, assis à sa table de travail, mort

6. Quel est le nom du fidèle valet que Peter Schlemihl engage à son service ?
A. Bondel
B. Bundel
C. Bendel

7. *Que se passe-t-il lorsque Peter Schlemihl envoie son valet à la recherche de l'homme en gris?*
A. Le valet ne parvient pas à retrouver sa trace
B. Il le rencontre en sortant de l'hôtel, mais ne réalise pas qu'il s'agit de l'homme qu'il cherche
C. Il le retrouve, mais l'homme en gris refuse de revoir Peter Schlemihl

8. *Dans combien de temps l'homme en gris a-t-il l'intention de revoir Peter Schlemihl?*
A. Dans un an
B. Dans un an et un jour
C. Dans un an et un mois

9. *Que fait Peter Schlemihl pour essayer de remplacer son ombre perdue?*
A. Il demande à un peintre de lui en peindre une fausse
B. Il engage un valet de même taille qu'il charge de marcher en permanence à côté de lui afin qu'on prenne son ombre pour celle de son maître
C. Il va voir une magicienne nommée Fanny, à qui il promet une fortune si jamais elle parvient à lui rendre son ombre

10. *Peter Schlemihl décide bientôt de changer de ville. Mais un sentiment le retient encore quelque temps. Lequel?*
A. La peur
B. Le désespoir
C. La vanité

11. *Qui est Fanny?*
A. La cuisinière de Peter Schlemihl
B. Une jeune femme belle et frivole que Peter Schlemihl a vue pour la première fois chez M. John
C. Une magicienne qui essaie de rendre son ombre à Peter Schlemihl

12. *Comment Peter Schlemihl quitte-t-il la ville où il était jusqu'alors installé?*
A. Chassé par les habitants qui ont découvert son secret
B. En sautant dans un fiacre après que le soleil, surgissant soudain de derrière un nuage, eut révélé l'absence de son ombre
C. Précipitamment et en pleine nuit après qu'une jeune femme se fut aperçue qu'il n'avait pas d'ombre

13. *Dans quel genre de ville Peter Schlemihl s'installe-t-il après sa fuite ?*
A. Un faubourg de la capitale
B. Une ville de montagne
C. Une station de bains

14. *Comment Peter Schlemihl est-il accueilli dans cette nouvelle ville ?*
A. Comme un roi
B. Avec méfiance
C. Dans la plus grande indifférence

15. *Comment s'appelle le valet que Peter Schlemihl envoie se renseigner dans la ville ?*
A. Bondel
B. Rascal
C. Pascal

16. *Comment les habitants appellent-ils Peter Schlemihl ?*
A. Majesté
B. M. le Comte
C. M. le Marquis

17. *Quelle profession exerce le père de Mina ?*
A. Inspecteur des impôts
B. Inspecteur des travaux publics
C. Inspecteur des forêts

18. *Comment Peter Schlemihl réagit-il quand on lui apprend qu'un de ses valets lui a volé des sacs d'or ?*
A. Il le fait fouetter
B. Il le renvoie
C. Il n'attache aucune importance à ce vol

19. *Un jour, arrive dans la ville un personnage qui prétend rivaliser avec Peter Schlemihl en étalant ses richesses. Qui est-il ?*
A. Un commerçant qui a fait faillite pour s'enrichir
B. Un prince parti en exil avec l'argent de son peuple
C. Un aventurier revenu du Nouveau Monde, « les bras chargés d'or »

20. *Peter Schlemihl mène une vie retirée. Lorsqu'il sort, où va-t-il ?*
A. Se promener seul dans la forêt avec Mina
B. Voir Mina chez ses parents
C. Chez les commerçants où il achète par dizaines des cadeaux destinés à Mina

21. *Comment Mina répond-elle à l'amour que lui porte Peter Schlemihl ?*
A. Par un amour tout aussi pur
B. Elle veut se faire épouser par lui pour profiter de sa richesse
C. Elle reste indifférente aux sentiments qu'il lui manifeste

22. *Pourquoi Rascal fait-il un jour irruption dans les appartements de Peter Schlemihl, son maître?*
A. Il vient le menacer de le dénoncer car il a découvert qu'il n'avait pas d'ombre
B. Il exige que son maître lui montre son ombre sinon il quittera son service
C. Il vient prévenir son maître que l'homme en gris est arrivé et le demande

23. *Comment réagit le père de Mina lorsqu'il apprend que Peter Schlemihl n'a pas d'ombre?*
A. Il n'y attache pas une grande importance, du moment que son futur gendre est riche
B. Il refuse à Peter Schlemihl la main de sa fille
C. Il donne trois jours à Peter Schlemihl pour récupérer son ombre en déclarant qu'il lui refusera la main de sa fille s'il ne la retrouve pas

24. *Lorsque l'homme en gris réapparaît et propose, en échange de son âme, de rendre son ombre à Peter Schlemihl, pourquoi celui-ci refuse-t-il le marché?*
A. Par principe, bien que l'homme en gris lui paraisse plutôt sympathique
B. Par antipathie personnelle à l'égard de l'homme en gris plus que par principe
C. Parce qu'il devrait aussi se séparer de la bourse magique

25. *Qu'est devenue l'ombre de Peter Schlemihl?*
A. L'homme en gris la conserve dans sa poche et elle lui obéit comme si c'était la sienne
B. L'homme en gris la conserve chez lui et il invite Peter Schlemihl à venir la chercher en échange de son âme
C. L'homme en gris en garde une moitié dans sa poche, et l'autre moitié chez lui, de peur que Peter Schlemihl n'essaie de la lui reprendre par la force

26. *Que fait Peter Schlemihl après sa rencontre avec l'homme en gris?*
A. Il se précipite chez le père de Mina pour le supplier de lui accorder la main de sa fille
B. Il retourne chez lui et s'apprête à quitter la ville dès le lendemain
C. Il passe trois jours dehors, rongé par l'angoisse

27. *Lorsque Peter Schlemihl revient en ville, que lui est-il arrivé d'extraordinaire?*
A. Il a chaussé des bottes de sept lieues
B. Il est devenu invisible
C. Il a retrouvé momentanément son ombre

28. *Qui Mina se voit-elle obligée d'épouser à la place de Peter Schlemihl?*
A. Le dénommé Rascal
B. Le dénommé Bondel
C. Un inspecteur des forêts

29. *Que fait Peter Schlemihl lorsque pour la dernière fois l'homme en gris tente de lui faire signer le papier par lequel il consentirait à lui abandonner son âme ?*
A. Il le lui jette à la tête et s'enfuit
B. Il le frappe avec violence
C. Il s'évanouit

30. *Lorsqu'il revient dans sa demeure, Peter Schlemihl a subi une transformation physique. Laquelle ?*
A. Son dos s'est voûté
B. Ses cheveux sont devenus gris
C. Des rides se sont creusées sur son front

31. *Dans quel état Peter Schlemihl retrouve-t-il sa maison ?*
A. Détruite par un incendie
B. Les murs recouverts de graffiti hostiles
C. Dévastée par la populace

32. *Comment Peter Schlemihl quitte-t-il la ville ?*
A. Seul, à cheval
B. Dans un fiacre, en compagnie du dernier valet qui lui est resté fidèle
C. Seul et à pied

33. *Tandis qu'il chemine, Peter Schlemihl est accompagné par un autre voyageur qui se révèle être l'homme en gris. Que lui propose ce dernier ?*
A. De lui rendre momentanément son ombre, tout le temps qu'ils voyageront ensemble
B. De lui rendre son ombre s'il renonce à la bourse magique de Fortunatus
C. De lui permettre d'épouser Mina en échange de son âme

34. *Que fait Peter Schlemihl de la bourse magique ?*
A. Il la rend à l'homme en gris
B. Il la garde
C. Il la jette dans un gouffre

35. *Comment Schlemihl en vient-il à acheter des bottes de sept lieues?*
A. Par hasard
B. C'est l'homme en gris qui les lui vend
C. Il les échange à un paysan contre sa bourse magique

36. *Lorsqu'il découvre qu'il possède des bottes de sept lieues, que décide Peter Schlemihl?*
A. De parcourir le monde pour étudier la nature
B. De parcourir le monde à la recherche d'un pays où il pourra enfin vivre en paix
C. De parcourir le monde pour essayer de retrouver l'homme en gris

37. *Dans quel pays Peter Schlemihl décide-t-il d'établir sa demeure?*
A. Au Groenland
B. En Australie
C. En Égypte

38. *Dans sa retraite, quel compagnon Peter Schlemihl s'est-il attaché?*
A. Un caniche
B. Un chat persan
C. Un perroquet

39. *Qui Peter Schlemihl reconnaît-il à son chevet dans l'hôpital qui porte son nom?*
A. Mina et Rascal
B. Fanny et Bondel
C. Mina et Bendel

40. *Que fait-il à la fin?*
A. Il se retire dans une caverne et y attend paisiblement la mort
B. Il continue à parcourir le monde
C. Il meurt

Solutions page 156

M. John est parmi nous

La première scène du livre nous présente un individu particulièrement odieux: M. John. Certes, l'histoire se passe au dix-neuvième siècle, mais de tels personnages existent encore de nos jours, et pas seulement dans les romans. Aussi pourrait-on aisément imaginer une scène semblable se déroulant à l'époque actuelle.

Reprenez le texte à partir de l'arrivée de Peter Schlemihl chez M. John (p. 19) jusqu'au moment où il quitte discrètement le groupe des invités (p.25) et essayez de le réécrire – plus brièvement bien sûr! –, en le transposant à l'époque moderne. Quel serait le métier de M. John? P.D-G, homme politique, banquier?

Comment s'exprimerait-il? A ses yeux, combien d'argent – en francs d'aujourd'hui – faudrait-il avoir pour ne pas être un « gueux »? Qui seraient ses invités? Et l'homme en gris, comment serait-il habillé? Quel serait son comportement? Dans un texte d'une vingtaine de lignes, efforcez-vous de transformer ainsi ce passage en faisant preuve d'imagination, et si possible d'humour. Si vous êtes doué pour le dessin, rien ne vous interdit d'illustrer votre texte par des portraits qui exprimeront l'idée que vous vous faites de M. John et de ses amis, l'homme en gris en particulier.

Objets magiques

Avant de lui offrir la bourse de Fortunatus pour prix de son ombre, l'homme en gris propose à Peter Schlemihl plusieurs objets magiques fort utiles à qui les possède. Reportez-vous à ce passage (p.29) et à la note qui l'accompagne.

Après mûre réflexion, vous direz alors quel est celui de ces objets qui vous semble le plus intéressant et pourquoi. Si c'est le « gnome domestique » qui retient votre attention, sachez que Robert Louis Stevenson, l'auteur de *L'Ile au trésor,* a écrit à ce sujet une histoire intitulée *Le Diable dans la bouteille* que vous aurez peut-être plaisir à lire.

Après avoir fait votre choix, vous essaierez à votre tour d'inventer de toutes pièces un objet magique dont vous expliquerez en détail les propriétés. Si vous souhaitez le dessiner, ne vous en privez pas, et si vous avez beaucoup d'imagination, efforcez-vous d'inventer une courte histoire au cours de laquelle cet objet aura un rôle à jouer.

De l'or, encore de l'or!

Installé dans son nouvel hôtel, Peter Schlemihl n'a d'autre hâte que de se rouler sur un matelas d'or. Peut-être aimez-vous l'or, vous aussi? Dans ce cas, essayez donc de remplir cette grille: chacun des mots qui la composent comporte en effet la syllabe « or ». A vous de chercher cet or qui n'a d'autre pouvoir que d'enrichir... votre vocabulaire!

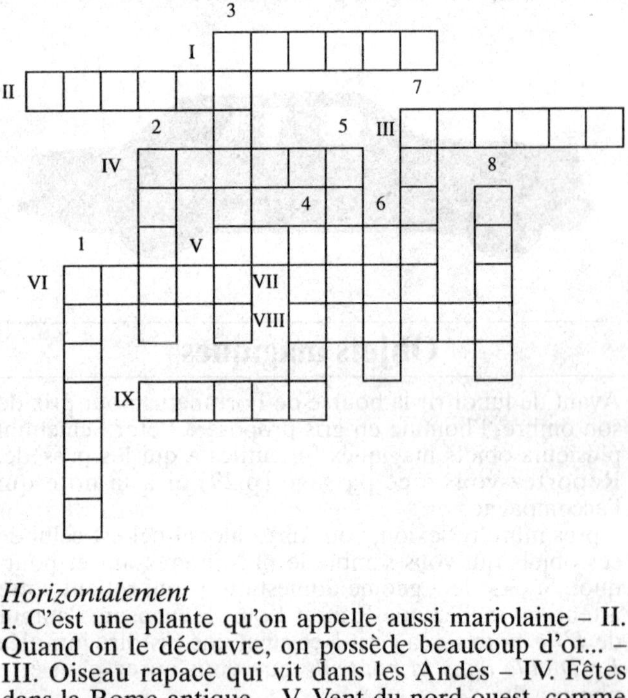

Horizontalement

I. C'est une plante qu'on appelle aussi marjolaine – II. Quand on le découvre, on possède beaucoup d'or... – III. Oiseau rapace qui vit dans les Andes – IV. Fêtes dans la Rome antique – V. Vent du nord-ouest, comme son nom l'indique... – VI. Dans les villes de la Grèce antique, c'était une grande place où se concentrait toute la vie publique – VII. Céréale qui devient délicieuse lorsqu'on l'associe au sucre... – VIII. Ancien instrument à cordes à deux manches, proche du luth – IX. Chanteur d'opéra, notamment

Verticalement
1. Montrer fièrement, un insigne ou une décoration, par exemple – 2. Personnage de la mythologie grecque qui a donné son nom à une constellation de la zone équatoriale – 3. Pas banal – 4. C'est grâce à lui que l'hélicoptère peut voler – 5. Devant une fenêtre, il protège du soleil – 6. Prénom russe – 7. Un verbe qui signifie renforcer, mais qui n'a rien à voir avec une île... – 8. Contrairement aux apparences, ce n'est pas un serpent mais un lézard sans pattes

Solutions page 158

Diable, diable...

L'homme en gris n'est donc autre que le Diable en personne. Mais le Diable n'intervient pas seulement dans la vie de Peter Schlemihl, il est également présent dans notre existence quotidienne, sous une forme heureusement moins tragique. C'est en effet dans des expressions du langage courant que le Diable apparaît le plus souvent. Voici quelques-unes de ces expressions dont le sens est expliqué. Des erreurs se sont cependant glissées dans certaines affirmations. Saurez-vous démêler le vrai d'avec le faux?

1. On appelle « diable de mer » certains poissons particulièrement laids.
2. « Le diable bat sa femme et marie sa fille » se dit quand il pleut et que le soleil brille en même temps.
3. « Loger le diable dans sa bourse » signifie faire des profits illicites en profitant de la naïveté d'autrui.
4. Les menhirs, ces hautes pierres taillées que les lecteurs d'*Astérix* connaissent bien, sont appelés « tables du diable. »
5. Un « diable » est un filet qui sert à pêcher les harengs.

Solutions page 158

L'amour perdu

Peter Schlemihl regrette doublement la perte de Mina : il regrette de l'avoir perdue à l'époque où il lui fallut renoncer à elle, mais aussi de l'avoir perdue en lui, au

moment où il raconte son histoire, c'est-à-dire d'avoir perdu son amour pour elle. Pourtant, la façon dont il en parle évoque si bien cet amour passé qu'il est difficile de croire à l'oubli total de sentiments aussi forts.
En relisant les pages 48, (jusqu'à « ma honte, mon angoisse, mon désespoir », 54, (jusqu'à « des cris d'allégresse »), 57, 58 et 59, (depuis « O mon bon Chamisso! » jusqu'à « mes sentiments pour sa fille étaient inaltérables »), relevez les termes et les expressions qui expriment cet amour.
Vous direz ensuite si, à votre avis, Peter Schlemihl dit vrai en prétendant que la « triste raison » lui a fait définitivement oublier sa passion.
Selon votre opinion, vous citerez à titre d'exemples les phrases et les mots qui peuvent laisser penser que son amour pour Mina continue de vivre en lui, ou qu'au contraire, il est mort à jamais.

Mon ombre ? Eh bien, heu...

Lorsque le père de Mina le presse d'avouer comment il a perdu son ombre, Peter Schlemihl donne une explication peu convaincante. (p. 69) Imaginez-vous à présent dans une situation semblable : quelle raison donneriez-vous pour justifier votre absence d'ombre ?
« Elle a été brûlée dans un incendie. »
« Un poisson l'a mangée pendant que je nageais sous l'eau. »
Inventez quelques mensonges de cette nature en donnant libre cours à votre imagination.
Si vous aimez dessiner, efforcez-vous d'illustrer chacune de vos idées de façon humoristique.

Ame à vendre

Lorsque l'homme en gris propose, pour la première fois, de rendre son ombre à Peter Schlemihl en échange de son âme, pour quelle raison celui-ci refuse-t-il le marché ? Quelques phrases précises vous l'indiquent aux pages 72 et 73. Retrouvez-les et dites ce que vous pensez de l'attitude du jeune homme. Estimez-vous qu'il pouvait agir autrement, en décidant, par exemple, de sauver le bonheur de Mina, quitte à se damner? La jeune fille était prête à se sacrifier pour lui. Aurait-il dû, de son côté, sacrifier son âme pour elle?
La deuxième fois que l'homme en gris lui propose ce même marché, Peter Schlemihl s'évanouit au moment de signer. A votre avis, que signifie cet évanouissement? Est-ce la manifestation détournée d'un refus de sa part ou une intervention de la « Providence » – ou un mélange des deux ?
Donnez votre point de vue à ce sujet en le fondant sur des citations que vous relèverez pages 89 et 90.

L'avocat du Diable

Relisez la page 101 depuis « Vous ne pouvez pas me souffrir, monsieur » jusqu'à « Ai-je jamais tenté de m'enfuir avec elle ? » Dans ce passage, le Diable se fait son propre avocat en louant sa probité, tandis qu'il met l'accent sur la « ruse » et la « violence » dont Peter Schlemihl a fait preuve à son égard.
Que pensez-vous des arguments qu'il donne pour justifier sa conduite ? L'homme en gris a-t-il été loyal avec Peter Schlemihl ? Et ce dernier a-t-il agi avec malhonnêteté en dérobant le nid magique en ou essayant de reprendre son ombre de force ?
Vous exposerez votre point de vue en vous référant à des passages précis du livre.

Qui se cache dans la grille ?

Un personnage qui joue un rôle important dans l'histoire de Peter Schlemihl se cache dans la grille, à la page suivante. Pour le découvrir, remplissez-la et vous verrez son nom apparaître en diagonale, de gauche à droite.

	1	2	3	4	5	6	7	8
I								
II			■	■				
III						■		
IV	■							
V				■				
VI							■	
VII						■		
VIII						■		

Horizontalement

I. Se serait-elle fait mettre la corde au cou ? – II. Exclamation. Une pomme a décidé de son sort – III. Quand on se moque de lui, on se moque aussi du tiers. Phonétiquement : elle peut être lumineuse – IV. Petit carnet qui, comme son nom l'indique, sert à se souvenir – V. Solitaire, parfois. Un petit rien dans un grand désordre – VI. Nous rendrions, à pied, à cheval ou en voiture, peu importe – VII. Attachent. Dans le sud – VIII. Petit chemin. Une déesse grecque qui avait le regard bovin

Verticalement

1. Sa fierté n'a d'égale que sa bêtise. Méprisables – 2. Le paradis pour les amateurs de babas bien arrosés ! – 3. Léger, très léger... – 4. Dans l'armée. Possèdent – 5. A donc été touchée – 6. Pronom ou règle. Points cardinaux – 7. C'est la crème. Note – 8. Les conquistadors allaient y chercher de l'or, beaucoup d'or...

Solutions page 158

Mon cher Chamisso...

Le récit de Peter Schlemihl est écrit comme si c'était le héros lui-même qui s'adressait à Chamisso, l'auteur du livre. A votre avis, quel est l'intérêt de ce procédé ? L'histoire aurait-elle la même vraisemblance si elle était racontée d'une manière classique, comme un conte ?

Donnez votre opinion à ce sujet en choisissant comme exemple pour étayer vos arguments deux ou trois passages du texte où Peter Schlemihl s'adresse ainsi à Chamisso.

Traces de bottes

Chaussé de ses bottes de sept lieues, Peter Schlemihl a donc décidé de parcourir le monde. Pourquoi ne pas vous lancer sur ses traces ? Pour cela, observez bien le planisphère représenté ci-dessous. Les bottes de Peter Schlemihl ont laissé des empreintes un peu partout : essayez de déterminer dans quel pays se trouve chacune de ces empreintes. Si vos connaissances en géographie ne vous permettent pas de trouver toutes les réponses, n'hésitez pas à consulter un atlas.

Solutions page 159

Splendeurs australiennes

« La Nouvelle-Hollande m'était fermée » se lamente Peter Schlemihl en constatant que ses bottes de sept lieues ne sont pas assez puissantes pour le porter jusque là. La Nouvelle-Hollande, c'est ainsi que fut baptisée par ses découvreurs néerlandais la terre qui devait devenir l'Australie.

Le désespoir de Peter Schlemihl est bien compréhensible, car en Australie, la nature offre des richesses uniques au monde. C'est notamment le pays des marsupiaux, ces mammifères pourvus d'une poche dans laquelle se développent leurs nouveau-nés.

Le plus connu des marsupiaux est le kangourou, mais il en existe bien d'autres dont certains sont évoqués dans les affirmations suivantes.

Lisez attentivement les affirmations qui suivent et essayez de déterminer celles qui sont vraies et celles qui sont fausses...

1. Le kangourou peut vivre jusqu'à l'âge de vingt ans.
2. Il existe de petits kangouroux qu'on appelle les kangourous-rats, et dont la taille est voisine de celle du lièvre.
3. Le kangourou arboricole, comme son nom l'indique, vit exclusivement dans les arbres.
4. Le jeune kangourou sort pour la première fois de la poche de sa mère à l'âge de deux mois.
5. Le koala, ce marsupial qui ressemble à un petit ours inoffensif, est un redoutable carnivore qui s'attaque parfois à des proies deux fois plus grandes que lui.
6. Le marsupial le plus répandu en Australie est l'opossum.
7. Le wallaby à pattes jaunes est une sorte de petit kangourou qui vit dans les régions montagneuses. Il peut faire des bonds de quatre mètres pour franchir des précipices.
8. Il existe un marsupial qu'on appelle le « bandit court à long nez ».
9. La famille des kangourous comporte une cinquantaine d'espèces.

Solutions page 159

Ouvrage savant

A la fin de son récit, Peter Schlemihl cite un ouvrage intitulé *De rebus gestis Pollicilli* d'un certain Tieckius. Ledit Tieckius n'est autre que Ludwig Tieck, un célèbre écrivain allemand, contemporain de Chamisso et que celui-ci admirait beaucoup. Quant au livre si doctement cité, il s'agit tout simplement de *L'Histoire du Petit Poucet* dont Tieck avait écrit sa propre version. A votre avis, quel est l'effet produit par cette « latinisation » du livre et du nom de son auteur?

Ombres portées

Alors que le soleil se couchait, à l'heure où les ombres grandissent, les six sujets représentés ci-dessous ont soudain perdu leur ombre, déformée par la lumière rasante. Saurez-vous rendre à chacun l'ombre qui lui revient?

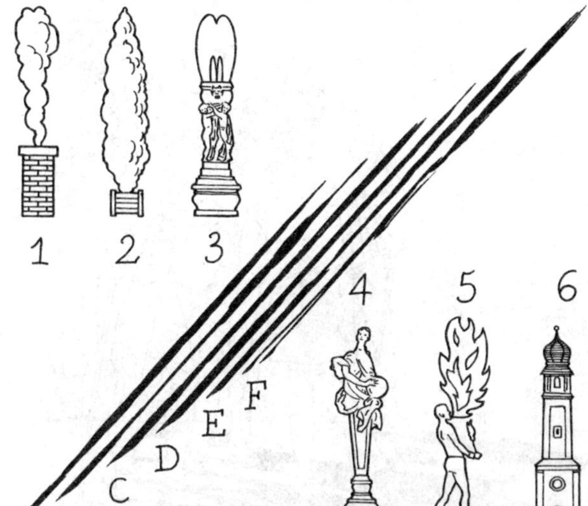

Solutions page 160

Remplacer l'ombre

« Veux-tu vivre parmi les hommes ? Apprends alors à vénérer d'abord l'ombre, puis l'argent », conseille Peter Schlemihl à son ami Chamisso en guise de conclusion. (p.125) Cette phrase se présente comme un précepte passablement pessimiste quant à la nature humaine.
Par quel autre mot pourrait-on remplacer « l'ombre » pour faire comprendre le sens de cette phrase à quelqu'un qui n'aurait pas lu Peter Schlemihl ? Autrement dit, que symbolise pour vous la perte de l'ombre dans ce récit et quelle « utile leçon » en tirez-vous ?

Sans ombre et sans corps

Dans ce groupe de personnes s'est caché l'homme en gris. Celui-ci s'est coiffé du nid magique qui rend invisible le corps de celui qui le porte, mais sans effacer son ombre. Pour retrouver ce personnage, il vous suffit de découvrir l'ombre de celui qui n'a pas de corps…

Solutions page 160

Promenade polaire

Voici un texte qui évoque les voyages de Peter Schlemihl dans les régions polaires. Il comporte cependant cinq erreurs que vous devriez découvrir sans grande difficulté si vous avez bien lu le livre...

J'avais une fois de plus décidé de porter mes pas dans les étendues glacées du Grand Nord où je voulais poursuivre l'étude de certains lichens. Ah, mon cher Chamissot, que de larmes n'ai-je point versées devant le spectacle de ces vastes plaines de glace qui me rappelaient plus que tout ma si profonde solitude. Il me semblait que le visage de Mina se dessinait par instants dans la blancheur humide de la banquise, mais aussitôt je croyais entendre la voix rude de l'inspecteur des Eaux et Forêts qui me répétait : « Je vous donne quatre jours, pas un de plus, pour me montrer votre ombre. Au cinquième jour, ma fille sera l'épouse d'un autre. » J'avais recouvert mes bottes des pantoufles qui me servaient de frein et je marchais à pas lents sous un soleil pâle que noyait un voile de brume argentée. Je n'avais jamais revu mon ombre depuis que l'homme en gris l'avait découpée sur le gazon de M. John et je me surpris à rêver à cette ombre perdue, à imaginer ses contours sur la glace sans fin qui s'étendait devant moi. J'aurais tant voulu revenir en arrière ! Que n'aurais-je donné pour n'avoir jamais accepté cette misérable bourse dont l'existence maudite avait pris fin au fond de la rivière où je l'avais jetée. Les larmes que je versais gelaient sur mes joues et ma vue se brouillait tandis que je continuais de marcher d'un pas accablé sur ce sol aride qui recelait pourtant de si précieux trésors aux yeux du naturaliste que j'étais devenu.

Solutions page 160

Les mots croisés de la fin

La plupart des mots qui composent la grille de la page suivante – ou leurs définitions – ont un lien avec l'histoire de Peter Schlemihl. Si vous avez bien lu celle-ci, vous ne devriez pas avoir trop de mal à remplir celle-là...

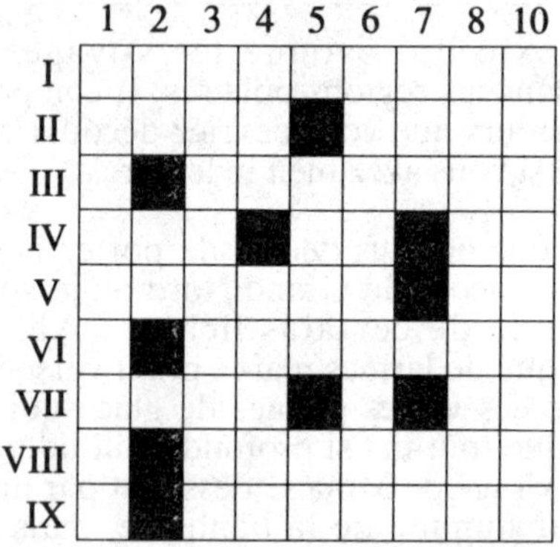

Horizontalement

I. L'homme en gris l'est, par définition – II. De droite à gauche, conduisit. Fait partie d'une expression qui comporte un « hic » – III. Peter Schlemihl ne le fait pas avec Rascal lorsqu'il découvre que ce dernier le vole – IV. Espérons que Peter Schlemihl n'en a pas attrapé un à force de parcourir le monde à pied ! Dans la voix. En avril – V. Les larmes de Peter Schlemihl le sont. En ville – VI. Même sans elle, l'histoire de Peter Schlemihl ne manque pas de sel – VII. Ils se croisent parfois... Deux tiers de sel – VIII. Moquée – IX. Tel Peter Schlemihl lorsque tout le monde l'abandonne

Verticalement :

1. Des railleries dont l'homme en gris abreuve Peter Schlemihl – 2. Unité de temps. L'ombre commence toujours ainsi – 3. Un globe que Peter Schlemihl parcourt à volonté – 4. Peter Schlemihl n'a pas vendu la sienne. Fis comme Peter Schlemihl avec les murs... – 5. Avec un tel prénom, c'est tous les jours la fête. Note inversée – 6. Peter Schlemihl le devient grâce à un drôle de nid – 7. Quand rien ne bouge, il suit le « statu »... Ce que vous avez fait avec Peter Schlemihl – 8. Le savoir de Peter Schlemihl l'est devenu, à force d'étudier la terre entière – 9. La belle Fanny l'est sans doute, mais pas Mina

Solutions page 160

2
LES MARCHÉS DE DUPES DANS LA LITTÉRATURE

En échangeant son ombre contre la bourse magique de Fortunatus, Peter Schlemihl a été victime d'une tragique tromperie. Les marchés de dupes ne sont pas rares dans la littérature ; parfois même, certaines victimes, ou certains escrocs, sont devenus célèbres. Voici quelques exemples de ces marchés de dupes...

La Bible

Le plus ancien des marchés de dupes est sans doute celui par lequel Esaü perdit son droit d'aînesse au profit de son frère Jacob. Isaac, fils d'Abraham, avait pour épouse Rébecca. Hélas, après bien des années, Rébecca n'avait toujours pas donné d'héritier à son mari...

« Longtemps Isaac et Rébecca n'eurent pas d'enfants. Ils prièrent Dieu, et après vingt ans de mariage celui-ci leur donna des jumeaux, deux fils, Esaü et Jacob. " Jacob le cadet dominera son aîné ", avait dit Dieu à Rébecca avant la naissance des enfants. Les enfants grandirent et étaient différents. Esaü, qui était roux et tout entier comme un manteau de poil, devint un habile chasseur, courant la steppe. Jacob était un homme tranquille, demeurant sous les tentes. Isaac préférait Esaü car le gibier était à son goût, mais Rébecca préférait Jacob.

Une fois, Jacob prépara un potage et Esaü revint de la campagne, épuisé. Esaü dit à Jacob : " Laisse-moi avaler ce potage-là ; je suis épuisé. " Jacob dit : " Vends-moi d'abord ton droit d'aînesse." Esaü répondit : " Voici que je vais mourir, à quoi me servira le droit d'aînesse ? " Jacob reprit : " Prête-moi d'abord serment " ; il lui prêta serment et vendit son droit d'aînesse à Jacob. Alors Jacob lui donna du pain et du potage de lentilles. Esaü mangea et but, se leva et partit. C'est tout le cas qu'il fit du droit d'aînesse. »

La Bible,

Le Roman de Renart

Maître Renart (ou damp *Renart, comme on disait au Moyen Age) est sans doute l'un des plus grands experts en duperies de toutes sortes. Avec son complice, le loup Primaut, il a volé dans une église les habits d'un* prouvère *(c'est-à-dire d'un prêtre). Tous deux s'en vont alors à la foire en espérant tirer bon prix de leur butin. Sur leur chemin, ils rencontrent un autre* prouvère *chargé d'un oison bien appétissant. Par chance, ce prêtre est justement venu à la foire pour acheter des habits sacerdotaux. L'occasion est trop belle pour les deux larrons...*

Le prouvère : « Avez-vous tous ces habits avec vous ?»

Renart : « Oui, sire prouvère ; ils sont là, dans nos bagages, très bien serrés. »

Le prouvère : « Voyons-les, je vous prie. Je ne vais à la foire que pour en acheter : et si vous êtes raisonnables, je m'en accommoderai. »

Primaut : « Oh! pour cela, vous serez content de nous. »

Primaut met alors sa charge à terre, et montre les habits. Le prêtre les examine. « Il n'est pas besoin, dit-il, de longues paroles, combien m'en demanderez-vous ? »

Primaut : « Je vous le dirai sans surfaire. Cédez-moi votre oison, et les habits sont à vous. »

Le prouvère : « Bien parlé, par ma foi! J'y consens; prenez-le, et baillez-moi les vêtements.»

L'échange se fait aussitôt. Primaut prend avec joie l'oison, qui était gras et bien fourni. Il le met à son cou et détale au plus vite, sans même penser à prendre congé de Renart. Celui-ci de courir après, et de le rejoindre avec l'espoir d'être admis au partage. L'un suivant l'autre, ils gagnent la lisière du bois, peu soucieux des vilains qui, de temps à autre, leur barrent le passage ; et chemin faisant, ils riaient de bon cœur. Primaut surtout, de la sottise du prouvère, qui avait pu donner une si bonne bête pour quelques habits. Arrivés sous un grand chêne, Primaut mit l'oison à terre, et prenant les devants sur les réclamations de son compagnon : « En vérité, Renart, nous avons eu tort de ne pas demander au prouvère un second oison ; je suis sûr qu'il nous l'aurait donné. Tu sais que ce n'est pas parle ; seulement j'ai regret de voir que tu n'es pas aussi bien partagé que moi. »

Renart : « Comment! sire Primaut, voudriez-vous me fausser compagnie et m'exclure du partage ? »

Primaut : « Le partage? Pour cela, tu n'y penses pas : eh! que dirait mon patron, le bon saint Leu ? »

Renart : « Pourtant, vous aurez grande honte et vous ferez un péché mortel, si vous gardez tout pour vous. »

Primaut : « Voilà des paroles bien inutiles : ai-je besoin de tes sermons? Si tu as faim, qui t'empêche de faire un tour dans le bois et d'y chercher ta proie, comme les autres jours ? »

Renart ne répond pas; il sait qu'ici les reproches ne lui serviraient guère. Pour menacer et défier Primaut il faudrait être aussi fort que lui, et Renart se rend justice. Il aima mieux s'éloigner; mais il était surtout fâché d'avoir trouvé son maître en félonie : « Damp Primaut, dit-il, vient de jouer mon personnage ; en vérité, je le croyais plus sot. »

Le Roman de Renart,
Traduction de Paulin Paris

Le Mariage forcé

A cinquante-trois ans (un âge fort avancé au XVIIe siècle), le riche Sganarelle s'est mis en tête de prendre femme. Mais Dorimène, sa promise, lui apparaît bientôt comme une jeune fille frivole, plus préoccupée de fastes et de plaisirs mondains que du bien-être de son futur mari. Après bien des hésitations, Sganarelle décide finalement de renoncer au mariage. Mais il a déjà donné sa parole et Alcidas, le frère de Dorimène, entend bien lui faire tenir sa promesse...

« ALCIDAS, *parlant toujours d'un ton doucereux.*

– Monsieur, je suis votre serviteur très humble.

SGANARELLE. – Monsieur, je suis le vôtre, de tout mon cœur.

ALCIDAS. – Mon père m'a dit, Monsieur, que vous vous étiez venu dégager de la parole que vous aviez donnée.

SGANARELLE. – Oui, Monsieur : c'est avec regret; mais...

ALCIDAS. – Oh ! Monsieur, il n'y a pas de mal à cela.

SGANARELLE. – J'en suis fâché, je vous assure ; et je souhaiterais...

ALCIDAS. – Cela n'est rien, vous dis-je (*Lui présentant deux épées.*) Monsieur, prenez la peine de choisir de ces deux épées laquelle vous voulez.

SGANARELLE. – De ces deux épées?

ALCIDAS. – Oui, s'il vous plaît.

SGANARELLE .– A quoi bon?

ALCIDAS.– Monsieur, comme vous refusez d'épouser ma sœur après la parole donnée, je crois que vous ne trouverez pas mauvais le petit compliment que je viens vous faire.

SGANARELLE .– Comment?

ALCIDAS. – D'autres gens feraient du bruit et s'emporteraient contre vous; mais nous sommes personnes à traiter les choses dans la douceur ; et je viens vous dire civilement qu'il faut, si vous le trouvez bon, que nous nous coupions la gorge ensemble.

SGANARELLE. – Voilà un compliment fort mal tourné.

ALCIDAS.– Allons, Monsieur, choisissez, je vous prie.

SGANARELLE. – Je suis votre valet, je n'ai point de gorge à me couper. La vilaine façon de parler que voilà!

ALCIDAS.– Monsieur, il faut que cela soit, s'il vous plaît.

SGANARELLE.– Eh! Monsieur, rengainez ce compliment, je vous prie.

ALCIDAS.– Dépêchons vite, Monsieur: j'ai une petite affaire qui m'attend.

SGANARELLE. – Je ne veux point de cela, vous dis-je.

ALCIDAS. – Vous ne voulez pas vous battre?

SGANARELLE. – Nenni, ma foi.

ALCIDAS. Tout de bon?

SGANARELLE. – Tout de bon.

ALCIDAS. – Au moins, Monsieur, vous n'avez pas lieu de vous plaindre, et vous voyez que je fais les choses dans l'ordre. Vous nous manquez de parole, je me veux battre contre vous; vous refusez de vous battre, je vous donne des coups de bâton; tout cela est dans les formes ; et vous êtes trop honnête homme pour ne pas approuver mon procédé.

SGANARELLE. – Quel diable d'homme est-ce ci?

ALCIDAS. – Allons, Monsieur, faites les choses galamment, et sans vous faire tirer l'oreille.

SGANARELLE. – Encore ?

ALCIDAS. – Monsieur, je ne contrains personne ; mais il faut que vous vous battiez, ou que vous épousiez ma sœur.

SGANARELLE.– Monsieur, je ne puis faire ni l'un ni l'autre, je vous assure.

ALCIDAS. – Assurément?

SGANARELLE. – Assurément.

ALCIDAS .– Avec votre permission donc...

SGANARELLE. – Ah ! ah ! ah ! ah !

ALCIDAS .– Monsieur, j'ai tous les regrets du monde d'être obligé d'en user ainsi avec vous ; mais je ne cesserai point, s'il vous plaît, que vous n'ayez promis de vous battre, ou d'épouser ma sœur.

SGANARELLE. – Hé bien ! j'épouserai, j'épouserai...

ALCIDAS .– Ah ! Monsieur, je suis ravi que vous vous mettiez à la raison, et que les choses se passent doucement. Car enfin vous êtes l'homme du monde que j'estime le plus, je vous jure ; et j'aurais été au désespoir que vous m'eussiez contraint à vous maltraiter. Je vais appeler mon père, pour lui dire que tout est d'accord. »

Molière,
Le Mariage forcé

Le Rite magique

Dans ses Nouvelles romaines, *l'écrivain italien Alberto Moravia réunit des anecdotes qui ont pour cadre les quartiers populaires de Rome, dans les années cinquante. Le* Rite magique *raconte l'histoire d'un jeune Romain qui se lie d'amitié avec un romanichel du nom de Gérémia. Celui-ci ne manque pas d'imagination et il entraîne son ami dans un monde étrange…*

« Gérémia avait un singulier caractère; il se sentait romanichel, se vantait de l'être et voulait tout le temps démontrer qu'il l'était, soit en m'éblouissant, soit en m'effrayant. A mon avis, il disait un tas de mensonges, mais de telle façon que tout en sachant leur fausseté, j'étais forcé d'y croire

Il prétendait par exemple que si, au moyen d'une baguette à demi brûlée, on traçait sur le sol un cercle charbonneux, un mardi dix-sept, à minuit, par la pleine lune et en prononçant un certain mot “rumi”, l’air, qui pour le commun des mortels n’est que de l’air, pouvait se révéler à nous qui aurions accompli ce rite, tout peuplé d’esprits semblables à des formes gélatineuses. Je lui demandai ce qui arriverait une fois que nous aurions vu l’air bondé comme un autobus aux heures de pointe, bourré d’esprits imbriqués les uns dans les autres ; il me répondit qu’en prononçant un autre mot dans sa langue, on pouvait obtenir qu’un de ces esprits se détache des autres et se transforme en un beau chien jaune qui nous suivrait gentiment partout. Il ajouta que lui-même avait eu pendant quelque temps un de ces chiens jaunes, mais ce chien était mort car, pour le conserver, il fallait dire chaque soir telle parole en langue “rumi” ; un soir, il avait oublié de la dire, l’esprit s’était envolé et le chien était tombé raide mort sur le sol. Très impressionné, je lui dis alors que je me sentais prêt à accomplir ce rite magique afin d’avoir un de ces chiens jaunes. Il commença par ne pas vouloir en entendre parler ; mais il finit par consentir en y mettant le prix : cinq mille lires. Ce chiffre représentait toutes mes économies ou presque, mais j’acceptai immédiatement car je n’avais plus que cette idée en tête et à tout prix je voulais voir s’opérer ce prodige.

Le soir, à notre rendez-vous, porte Furba, Gérémia fut ponctuel, son frère lui ayant prêté son vélomoteur. Comme j’allais monter en selle derrière lui, Gérémia me montra un paquet long et étroit: une branche sèche trempée dans du bitume. Au bon moment je devais enflammer cette branche et attendre qu’elle ait un peu brûlé ; puis, dans l’obscurité, je devais tracer un cercle sur le sol en prononçant le mot “mulo” qui en langue “rumi” signifie “mort”. Alors, tout autour du cercle s’allumeraient de petites flammes bleutées, un peu comme un fourneau à gaz dont on approche une allumette; à cette lueur je verrais que l’air n’est pas de l’air mais toute une masse gélatineuse, une confiture d’esprits. Et après avoir prononcé un autre mot que j’ai oublié maintenant, je verrais aussitôt à mes pieds, frétillant de la queue, un beau chien jaune qui me suivrait partout. »

Alberto Moravia,
Autres nouvelles romaines,

3
SOLUTIONS DES JEUX

Êtes-vous cupide?

(p. 129)

Comptez le nombre de ○, de □ et de Δ que vous avez obtenus en fonction de vos réponses, puis lisez le paragraphe correspondant à votre résultat.

Si vous avez obtenu un plus grand nombre de ○ : Il ne fait aucun doute que l'argent vous intéresse ! Vous n'auriez probablement pas hésité longtemps à échanger votre ombre contre la bourse de Fortunatus. Les sacs d'or peuvent s'entasser autour de vous, vous n'en aurez jamais trop ! Cela ne signifie nullement que vous soyez avare, vous avez simplement le goût de l'argent, et après tout, c'est un trait de caractère suffisamment répandu à notre époque pour que vous ne vous sentiez pas isolé ! Souhaitons cependant que vous ayez aussi d'autres centres d'intérêt dans la vie, car l'argent ne suffit

1	A. ○○○	B. □□□	C. ΔΔΔ
2	A. □□□	B. ΔΔΔΔ	C. ○○○
3	A. □□□	B. ○○○	C. ΔΔΔΔ
4	A. □□Δ	B. ΔΔ	C. ○○○○
5	A. ΔΔΔ	B. □□□	C. ○○○
6	A. ΔΔΔ	B. □□□	C. ○○○
7	A. □□□	B. ○○□	C. ΔΔΔ
8	A. ○○○	B. Δ□□	C. ΔΔΔ
9	A. ΔΔΔ	B. □□□	C. ○○○
10	A. ΔΔ	B .□□□	C. ○○○

pas à enrichir l'existence. Alors, si vous avez de l'argent, sachez l'investir dans des domaines qui rapportent autre chose que... de l'argent !

Si vous avez obtenu un plus grand nombre de □ : Votre cupidité est proportionnelle au goût que vous avez de dépenser sans compter. Vous n'aimez pas l'argent pour lui-même mais pour ce qu'il vous permet de découvrir ou d'acquérir. Aussi ne reste-t-il jamais bien longtemps entre vos mains. Vous ne vous contentez pas de peu, cependant, et vous avez une très nette tendance à dépenser l'argent que vous n'avez pas, ou pas encore. Le crédit a sans doute été inventé pour des gens comme vous et il ne vous aurait certainement pas déplu de posséder la bourse de Fortunatus. Auriez-vous été jusqu'à donner votre ombre en échange? Peut-être pas. Sans doute auriez-vous d'abord demandé d'essayer la bourse magique pendant quelque temps avant de prendre une décision définitive! En tout cas, méfiez-vous plus tard des cartes de crédit: vous risqueriez de les prendre pour des objets magiques qui permettent de tout avoir sans rien payer, ce dont vous risqueriez fort de vous repentir!

Si vous avez obtenu un plus grand nombre de Δ: Vous ne devez pas vous sentir très à l'aise par les temps qui courent: l'argent, en effet, vous indiffère! Oh, certes, vous savez vous en servir lorsque vous en avez, mais vous vous accommodez assez bien d'en être dépourvu. Vous prenez l'argent comme il vient et s'il ne vient pas, vous ne vous en inquiétez guère. La bourse de Fortunatus ne susciterait chez vous qu'un intérêt poli et jamais, au grand jamais, vous ne donneriez votre ombre en échange de ce gadget de foire! Avec vous, le Diable aurait bien du souci car l'éclat de l'or vous paraît bien terne, ce qui fait de vous un être original dans ce monde où règne l'appât du gain! Si une ombre doit vous suivre, que ce soit la vôtre, non celle de Satan: alors, au diable l'argent! L'important pour vous,c'est de garder votre âme et qu'elle soit en paix!

Avez-vous bien lu Peter Schlemihl?

(p. 131)

1: C (p. 19) - 2: B (p. 21 à 24) - 3: B (p. 30) - 4: A (p. 33) - 5: C (p. 34) - 6: C (p. 34) – 7: B (p. 39) - 8: A (p. 38) - 9: A (p. 41) - 10: C (p. 43) - 11: B (p. 21 et 44) - 12: C (p. 31) - 13: C (p. 46) - 14: A (p. 51) - 15: B (p. 46) - 16: B (p. 53) - 17: C (p. 53) - 18: C (p. 54) - 19: A (p. 56) - 20: B (p. 56) - 21: A (p. 58) - 22: B (p. 65) - 23: C (p. 69) - 24: B (p. 73) - 25: A (p. 74) - 26: C (p. 78) - 27: C (p 96) - 28: A (p. 89) - 29: C (p. 88) - 30: B (p. 90) - 31: C (p. 91) - 32: A

(p. 92) - 33 : A (p. 96)- 34 : C (p. 103) - 35 : A (p .108) - 36 : A (p. 111) - 37 : C (p. 112) - 38 : A (p. 124) - 3 : C (p. 121) - 40 : B (p. 124)

Comptez un point par bonne réponse.

Si vous avez obtenu plus de 35 points : L'ombre de Peter Schlemihl n'aurait pas pu lui être plus fidèle que vous! Vous avez en effet suivi ses aventures sans le lâcher d'une semelle, même lorsqu'il avait chaussé les bottes de sept lieues ! Votre attention et votre mémoire n'ont pas été prises en défaut, ce dont il faut vous féliciter. Les jeux qui vous sont proposés par la suite ne devraient pas présenter de difficultés à vos yeux : l'occasion vous est donc offerte de continuer à briller avec le même éclat !

Si vous avez obtenu entre 30 et 35 points : Vous avez bien suivi les aventures de Peter Schlemihl, même si quelques détails sont restés... dans l'ombre. Une petite révision des passages que vous avez négligés ne serait pas inutile. Vous n'en serez que plus à l'aise pour jouer aux jeux qui vous sont proposés par la suite. En tout cas, cette histoire vous a intéressé, ce qui prouve que vous avez bon goût en matière de littérature !

Si vous avez obtenu entre 20 et 30 points : Votre lecture n'a pas toujours été aussi attentive qu'elle aurait dû l'être et les aventures de Peter Schlemihl ont parfois échappé à votre attention. Peut-être ses bottes de sept lieues allaient-elles trop vite ? Vous auriez intérêt, en tout cas, à revoir les passages que vous avez négligés. Cette histoire mérite en effet d'être lue attentivement, car elle contient bien des richesses, plus précieuses encore que la bourse de Fortunatus !

Si vous avez obtenu moins de 20 points : Cette histoire vous a peut-être paru un peu trop fantaisiste pour y accorder toute votre attention. En tout cas, ce que vous avez retenu de votre lecture semble quelque peu insuffisant. Si vraiment les aventures de Peter Schlemihl ne vous plaisent pas, mieux vaut les abandonner pour l'instant, quitte à les relire un peu plus tard. Si, au contraire, vous estimez qu'elles sont suffisamment intéressantes pour mériter un effort d'attention, essayez de relire les passages que vous avez eu du mal à suivre et peut-être alors aurez-vous plaisir à redécouvrir ce que vous aviez négligé.

De l'or, encore de l'or!

(p .138)

Horizontalement
I. Origan – II. Trésor – III. Condor – IV. Orgies – V. Norois (ce mot vient de nord-ouest ; on l'écrit aussi noroît) - VI. Agora – VII. Orge – VIII. Téorbe (on écrit aussi théorbe) – IX. Ténor
Verticalement
1. Arborer – 2. Orion – 3. Original – 4. Rotor (ce mot a la particularité de pouvoir être lu de gauche à droite ou de droite à gauche ; c'est ce qu'on appelle un palindrome) – 5. Store – 6. Igor – 7. Corser (ce mot ne vient pas de Corse, mais de corps) – 8. Orvet

Diable, diable...

(p. 139)

1 : Vrai. Certaines raies sont appelées ainsi.
2 : Vrai.
3 : Faux. Cette expression signifie que l'on n'a pas un sou. On la trouve notamment chez La Fontaine dans la fable intitulée *Le Trésor et les deux hommes* laquelle commence par ces vers :
« Un homme n'ayant plus ni crédit, ni ressource,
Et logeant le Diable en sa bourse,
C'est-à-dire, n'y logeant rien... »
4 : Faux. Ce sont les dolmens que l'on appelle ainsi.
5 : Vrai.

Qui se cache dans la grille?

(p. 141)

Horizontalement
I. Cravatée – II. Oh. Tell (Guillaume...) – III. Quart. Id (idée) – IV. Memento –V. Ver. Iner – VI. Irions – VII Lient. Sd – VIII. Sente. Io

Verticalement
1. Coq. Vils – 2. Rhumerie – 3. Aérien – 4. Rm. Ont – 5. Atteinte – 6. Te (ou té). Nns – 7. Elite. Si – 8. Eldorado.
C'était CHAMISSO lui-même qu'il fallait trouver

Traces de bottes

(p. 143)

1 : Argentine - 2 : Pérou - 3 : Mexiquc - 4 : Groenland - 5 : Libye - 6 : Soudan - 7 : Zaïre - 8 : Arabie Saoudite - 9 : Iran - 10 : Mongolie.

Splendeurs australiennes

(p. 144)

1. Vrai : si les chasseurs ne l'ont pas tué avant...
2. Vrai : ces kangourous mesurent une quarantaine de centimètres et se déplacent à une vitesse impressionnante.
3.Vrai : les kangourous arboricoles font preuve d'une grande habileté pour se déplacer de branche en branche; ils se nourrissent de feuillages en évoluant jusqu'à vingt mètres de hauteur.
4. Faux : c'est à sept mois seulement que le jeune kangourou sort pour la première fois de la poche de sa mère. Ces sorties sont de courte durée; il ne quitte définitivement la poche maternelle qu'à l'âge de huit mois.
5. Faux : le koala est tout aussi inoffensif qu'il le paraît et se nourrit exclusivement de feuilles d'eucalyptus qu'il mange dans les branches de ces arbres où il passe sa vie.
6. Faux : l'opossum, qui est bel et bien un marsupial, vit en Amérique du Sud et non en Australie. Les kangourous sont des marsupiaux.
7. Vrai : cet animal est surnommé le « chamois d'Australie ».
8. Faux : en revanche, le « bandicoot à long nez » existe véritablement. De la taille d'un rat, il vit dans les campagnes australiennes et possède la particularité de peser moins d'un gramme à sa naissance ! Il existe aussi un autre bandicoot, à nez court, celui-là.
9. Vrai : cette famille, les macropodidés – littéralement : qui ont de grands pieds – comporte toutes les espèces de kangourous et de wallabies.

Ombres portées
(p.145)

1 : E - 2 : A - 3 : C - 4 : B - 5 : F - 6 : E

Sans ombre et sans corps
(p. 146)

L'ombre du diable est celle qui tient son chapeau à la main.

Promenade polaire
(p. 147)

1. Chamisso est mal orthographié.
2. Le père de Mina n'est pas inspecteur des Eaux et Forêts, mais inspecteur des Forêts, tout simplement.
3. Ce n'est pas quatre jours, mais trois que le père de Mina a donnés à Peter Schlemihl pour retrouver son ombre.
4. Peter Schlemihl a revu son ombre depuis que l'homme en gris la lui a prise. Celui-ci la lui a même rendue provisoirement tandis qu'ils voyageaient ensemble.
5. Ce n'est pas dans une rivière, mais dans un gouffre que Peter Schlemihl a jeté la bourse de Fortunatus.

Les mots croisés de la fin
(p. 147)

Horizontalement
I. Satanique – II. Anem (mena). Nunc (dans l'expression « hic et nunc », ici et maintenant) – III. Renvoie – IV. Cor. Oi. Vr – V. Amères. Ev – VI. Salière – VII. Mots. Sl – VIII. Raillée – IX. Esseulé

Verticalement
1. Sarcasmes – 2. An. Om – 3. Terrestre – 4. Ame. Rasas – 5. Noël. Is – 6. Invisible – 7.Quo (« statu quo »). Lu – 8. Universel – 9. Écervelée